D0917483

Les Éditions Hurtubise HMH bénéficient du soutien des institutions suivantes :

– Conseil des Arts du Canada
– Ministère du patrimoine du Canada
– Société de développement des entreprises culturelles au Québec

Illustration de la couverture :
Serge Jongué, Avenue du Parc, 1983

Maquette de la couverture :
Olivier Lasser

Mise en pages :
PAGEXPRESS

Éditions Hurtubise HMH
1815, avenue De Lorimier
Montréal (Québec)
Canada H2K 3W6

ISBN 2-89428-419-5

Dépôt légal : 3ᵉ trimestre 2000
Bibliothèque nationale du Québec
Bibliothèque nationale du Canada

Imprimé au Canada

toxiques

Maryse
Barbance

toxiques

HMH

COLLECTION L'ARBRE

Le silence se reforme sur la question posée.
Elle, elle retourne à la fixité de son sourire,
une bête à la forêt.

Moderato Cantabile

À G.

«Ceci est l'audition, l'appel de Monsieur Gabin Élaria n° 86240... Madame, si vous voulez vous avancer pour que je vous assermente sur la Bible...»

J'écoute l'enregistrement du procès. Il m'aura fallu un an pour téléphoner à l'avocat, lui demander si j'avais accès à cet enregistrement. D'autres mois pour glisser la bande dans le magnétophone, me résoudre à enclencher le mécanisme. Et l'écoutant, il me semble que ça n'a pas eu lieu.

I

Enfance

Il gardait les yeux fermés, couché sur le ventre dans l'obscurité. Le visage dans les draps, un coude par-dessus la tête, il sentait l'odeur de sa transpiration sous son aisselle, n'aimait pas cette odeur. On lui avait trop dit qu'*un noir ça pue...* Résonnait un bruit depuis la rue, qu'il n'identifiait pas. Il finit par entrouvrir les yeux. Des rais de lumière coupaient la pièce en biais qui disparaîtraient bientôt, avalés par l'ombre. C'était ainsi dès l'automne. Il avait bien demandé qu'on déplace le sapin, s'était entendu répondre qu'on ne tue pas les arbres. Et les hommes ? Un appartement, c'était dire ! Deux minuscules pièces, irrespirables l'été et impossible à chauffer l'hiver. De toute façon il n'avait pas l'argent pour. C'était septembre et septembre était froid. Il étendit un bras vers le fauteuil, attrapa un chandail qu'il enfila. Il avait faim — se leva.

Il circulait à présent dans la seconde pièce, *cuisine-salon*, avait dit le propriétaire. En fait, une sorte de couloir où l'on avait coincé une cuisinière et un réfrigérateur et disposé deux chaises autour d'une table de formica. À l'autre extrémité, devant la fenêtre, une télé anciennement couleur trônait sur un guéridon de teck. En vis-à-vis, une banquette en simili cuir noir, éventrée. Un meublé quoi. Sans voix ni bruit. *Comme l'indifférence*, avait-il pensé lorsqu'il avait loué.

Il sortit une boîte de gruau, en fit cuire dans de l'eau en y ajoutant un peu de beurre et du sucre. Deux patates douces, une boîte de petits pois, un paquet de spaghetti et du café : ce que contenaient les placards. Il n'était pas prévoyant, avait dit le travailleur social. Pas prévoyant! Pas d'argent, pas de job... En trouverait-il, une job? Distribution de dépliants, publicité téléphonique, *buzz boy*..., à six dollars de l'heure c'était pas ce qui manquait! Mais là n'était pas la question. La question c'était... Comment dire? Vivre. Simplement : Comment vivre? «Comment vivre?», répéta-t-il dans un murmure. Il avala le gruau en quelques goulées, passa l'assiette sous le robinet et mit de l'eau à bouillir. Puis il retourna à la chambre pour faire ses poches, le premier jean, le second, la chemise qu'il portait la veille, son blouson de cuir : 17,75 $. On était le...? Il avisa le calendrier suspendu au mur, se mit à compter, se trompa, recommença. On devait être le 18 puisqu'il avait eu rendez-vous le... — il n'en était pas sûr. Le temps, c'était comme le sommeil, le soleil — des rythmes, une durée, des espaces sans plus de fin qu'ils n'avaient eu de commencement. Il vivait sa vie comme à chaque moment *nouveau*, dans un sursaut perpétuel, un soubresaut qui ne connaissait ni avant ni après, un accrochage toujours prêt à décrocher — suspendu. Le nom des jours, les dates, les lieux, lui échappaient. Il glissait dans l'espace et le temps, comme les enfants. Non qu'il fût resté dans l'enfance mais c'était comme s'il y retournait en un ultime refuge contre la vie difficile. Elle était pourtant loin son enfance — à se demander si elle avait existé dans ce pays dont on parlait

tant à la télé, si elle avait eu quelque réalité. À voir les
fantoches, militaires et religieux, qui y dépeçaient le
peuple... De toute façon, le pays d'aujourd'hui n'était plus
celui d'hier, et pour lui tout avait été perdu depuis longtemps, se dit-il en se sentant glisser le long de la folle
dépression qui le happait. Depuis... sa naissance, sa
conception peut-être même. On lui avait dit : il était un
enfant du port, né de père inconnu. De ces enfants que
sécrètent tous les ports au fil des arrivages de bateaux et que
ne remportent pas les marées — qui restent là, traces
d'ailleurs, indésirables comme autant de taches ineffaçables,
marques réitérées de colonisation sous ses différents
visages : les corps des femmes après les corps des hommes,
les corps des pays..., confié par sa mère à ses grands-parents
maternels tandis qu'elle était restée aux Salines — ce
quartier où la misère coule à la mesure des *rigoles*. De
nouveau le blanc, le vide. Le temps lui faisait défaut. Sa
mémoire s'apparentait à un magma. Le travailleur social le
faisait rigoler à lui demander de parler de son *histoire*... La
mer, la forêt de l'intérieur de l'île, les caféiers et les man-
guiers, et la ville, ses quartiers riches et sa misère, le port et
ses bateaux sans âge qui dérivaient, débordant de leur
chargement humain, en partance pour Les Cayes, Jacmel,
embarcations fantômes dont ils s'attendaient à chaque
départ qu'elles fussent ensevelies durant la traversée.
Montréal, autre port, autre dérive... Il pensa à son père
américain — sa mère lui avait dit : «Un marin américain...»
  C'était comme si rien de la vie ne lui avait été donné,
qu'il lui fallait incessamment courir derrière un train en
partance qu'il risquait chaque fois de manquer et, de fait,
manquait souvent. Il se sentait comme un déporté de la vie,
qui la traversait au mieux comme une bête égarée, au pire
comme une bête traquée. Les jours de grande frayeur il se

terrait. Ces jours-là, il se sentait saloperie, immondice, ne se savait plus humain. Et, inhumain, il pensait à la mort. Les êtres lui devenaient insupportables — même les doux. Il se sentait meurtrier, avait peur de mourir, peur de tout. La peur, ça remontait... Des heures qui finissaient par faire des jours et des nuits. Il regardait la télévision ou parcourait les journaux que le locataire du dessus lui laissait une fois qu'il les avait lus. Surtout *Le Journal des sports*. Non qu'il aimât les sports. Il lisait le journal des sports à défaut d'avoir autre chose à lire et pour converser avec ce voisin qui en était fervent et pouvait sans répit raconter toute l'histoire des ligues et des grandes équipes : les Canadiens bien sûr, mais aussi les Rangers de New York et les Flyers de Philadelphie, les Red Wings et les Jets, les Black Hawks... Manière de passer le temps, avec Richard. Un gars de la construction qui avait occupé l'été à regarder la télé sur son balcon arrière d'où il interpellait les voisins. Et comme lui-même n'avait d'issue que l'arrière-cour... Tout ça pour dire qu'à défaut d'une entrée principale, il disposait d'une sortie secondaire donnant sous les escaliers de secours des appartements du dessus. De toute façon, comme il disait avec son rire réservé, il n'y avait rien de *principal* dans sa vie. C'est ainsi que de derrière sa fenêtre sur laquelle débouchait son couloir-coin-cuisine-salon — *débouchait* n'est pas un vain mot car il aurait tout aussi bien pu qualifier ce lieu d'aquarium d'où il avait le sentiment, en le quittant, l'été, d'émerger d'une sorte de milieu glauque — il voyait se profiler, entre les marches de l'escalier de secours, un ventre et une cuisse dans la sourdine d'un bruit de télévision. Et dès qu'il mettait le nez dehors il entendait : « Les Steelers ont marqué ! », ou « On congédie bien d'trop d'entraîneurs, et les directeurs ? !... », « Se sont fait battre comme des *tatas*... » Il hochait la tête, parfois même risquait un « oui » qu'il essayait de ne pas faire trop distrait, voire même une phrase entière, du genre «On se demande comment ils ont fait...», ou «Il y a vraiment de quoi regretter...», sans trop savoir, ni qui ce *ils* désignait, ni ce qu'il convenait de regretter. Au début il avait agi par politesse. Et puis c'était devenu une sorte de sympathie d'infortune du jour où Richard lui avait raconté son histoire : une poutre d'acier lui était tombée sur le dos sur un gros chantier de René-Lévesque. Depuis, impossible d'articuler son bras. Et comme si ça n'avait pas suffi, l'Inspection du travail avait cessé de lui payer des indemnités arguant qu'il pouvait se recycler dans les bureaux. Mais il savait à peine lire et écrire. C'était d'ailleurs ce qui l'avait conduit chez lui le jour où la dite inspection lui avait adressé un formulaire de dix pages. Il l'avait vu se profiler avec hésitation derrière la fenêtre, son bras mort attaché en écharpe, maugréant qu'il préférait l'attacher parce qu'un bras en écharpe retient moins l'attention qu'un bras qui pend. Depuis lors, en forme de gratitude, Richard lui laissait le journal des sports, et lui qui n'aimait pas les sports se délectait de la langue du cahier des sports — impayable : «L'affaire des Jets leur semblait tellement *tiguidou*...», ou «Les Canadiens se sont payés un pique-nique...», ou «Les millions ont r'volé chez les Rangers, les têtes itou...» Depuis qu'il lisait le *Journal des Sports*, il lui était même arrivé de prendre une bière avec Richard, lui qui n'aimait pas la bière, voire, quand il était sûr de son affaire, qu'il avait suivi, la veille au soir, l'émission *Spécial Sports* d'une heure, plus que toutes les informations nationales et internationales réunies, de lancer la conversation. En fait, lui n'aimait que le football, le *soccer* comme on dit ici. Sans doute parce qu'il l'avait pratiqué dès l'enfance et jusqu'aux premières années de son séjour à Montréal. À l'époque il jouait sur le campus de McGill, le dimanche, avec des immigrants : Français, Haïtiens, Sud-Américains. Un

Iranien aussi, Shangiz, devenu une tête en informatique après avoir fait Poly, tout en jambes, qui filait comme une gazelle. C'était en... De nouveau il partit à la recherche du temps... Et Ivan, un Breton, qui jouait arrière et faisait des arrêts terribles... Ça devait bien faire... quinze, dix-huit ans ? Il avait... vingt ans et des poussières, les mains dans les poches, venait d'arriver — la seconde vague d'immigrants, celle des pauvres — et commençait des petits boulots, des livraisons de pizzas pour la pizzeria du ghetto McGill. La galère pour trouver une bagnole ! C'est Ivan, justement, qui l'avait aidé. Sa sœur arrivait de Bretagne en 2CV et par bateau. Quelle histoire ! — à dormir debout. Autant que la sœur, mécanicienne dans un coin perdu de Bretagne, Pont quelque chose, Pont-Aven, Pont-l'Abbé, qui avait parié qu'elle traverserait le Canada dans sa voiture ! Ce qu'elle avait fait, aller retour les Rocheuses, sauf que la voiture avait rendu l'âme à son point de retour si bien qu'elle l'avait abandonnée à Ivan qui l'avait bricolée. Qu'il s'était gelé là-dedans pendant l'hiver !, les pizzas qu'il livrait, empilées sur le siège arrière, mais qu'ils avaient ri, les blagues d'Ivan assurant que c'était les seules pizzas en ville qui partaient brûlantes et arrivaient surgelées... Christiane, son corps blanc couvert de tâches de rousseur, des seins comme de la crème, avec qui il fumait, la nuit, de la mari sur la montagne. Années 70. Elle lui rappela la fille qu'il avait rencontrée dernièrement chez Espe, catalane aux cheveux d'ébène, élancée et nerveuse — ses yeux charbon. Tout le milieu de la pub avait ses entrées chez elle : des gars au regard sombre et à la peau mate, posant dans la vie comme sur les *front page* des magazines, en chaînes et cuirs, homos en couleurs, gestionnaires égarés. Elle aimait l'esthétique, se plaisait-elle à dire, qui l'avait conduite dans ce pays, *avait foi en la beauté pour pallier l'insignifiance*, déclamait-elle avec emphase. Amoureuse à vingt ans d'un prof de Québec séjournant à Barcelone pour une thèse sur Gaudí, elle avait fini par l'épouser et *La Belle Province* l'avait accueillie. C'était chez elle qu'il avait connu Marie — ou Myriam?, Marianne?, quelque chose comme ça, quelques jours plus tôt. Marianne...

* * *

Ce matin-là j'avais reçu Alice. Alice, évanescente, qui ne se vêt que de noir, de larges voiles vaporeux, comme d'un costume de théâtre, une robe d'apparat. Il m'était arrivé de penser à *La Mariée était en noir*. Quel deuil portait-elle? Elle qui ne dormait plus, ne mangeait plus, s'était étendue et avait dit « je me recroqueville », et, de fait, elle s'était rétractée, nous vouant au silence. Ce silence dans lequel elle se love comme dans une coquille aux meilleurs jours, une carapace aux plus mauvais. Je me rappelais comme elle m'était apparue un an plus tôt, me faisant craindre qu'à défaut de nouer un lien humain, elle risquait de mourir en emportant son bébé. Elle venait d'accoucher alors, et était envahie d'obsessions quant à sa propre mort et celle de son enfant — cet enfant que, disait-elle, elle n'aimait pas. Je n'avais su que récemment qui était le père : un médecin beaucoup plus âgé qu'elle, qui l'avait suivie comme patiente avant de l'épouser. Curieusement, ils venaient à peine de se marier que ce dernier avait accepté un poste à l'OMS à Washington, si bien qu'elle s'était retrouvée seule dans une grande maison d'un quartier de Montréal qui lui était étranger — enceinte. Lorsque je la voyais, blottie, muette, il m'arrivait souvent d'imaginer que les voiles dont elle s'entourait lui faisaient un linceul. Mais je sais aussi les forces humaines insoupçonnées. Après un long silence elle avait repris d'une voix hachée, *je ne me sens pas en vie*, voix entrecoupée de silences, d'hésitations, happée par de multiples préoccupations indifférentes : *Dimanche je suis sortie. La rue déserte, les maisons, les feuilles qui commencent à tomber. J'avais envie de m'étendre au milieu de la rue et de me laisser ensevelir par le froid...* Mon propre exil dans la ville étrangère — la vie étrangère. Les bruits, moteurs, klaxons, sirènes, que je ne reconnaissais pas ou qui m'évoquaient des films : *Mannix, Mission impossible* et autres feuilletons américains que je regardais enfant, le jeudi après-midi, allongée sur le canapé du salon en attendant le retour de mon père — après le décès de ma mère... *j'ai cru que j'aurais besoin d'arrêter quelqu'un. De m'appuyer au bras d'un passant et de dire «ramenez-moi, ramenez-moi chez moi, je ne peux plus marcher». J'avais l'impression que mes jambes lâcheraient, que je tomberais... Mais je ne sais pas si chez moi est chez moi...* S'émoussait mon sens de la réalité tandis que s'imposait la sensation d'être le personnage d'une fiction temporaire... *je me sens comme derrière une vitre... une poupée dans une vitrine, que ma mère sortait quand ça la tentait... Je n'existe pas.* Je me suis retrouvée face à ce que d'aucuns nomment le réel, dans le silence, un espace n'offrant nul signe ni histoire auxquels s'accrocher, où j'ai séjourné, vacillante, éprouvant l'extrême fragilité de ce que l'on nomme l'identité, découvrant que cette identité n'est qu'un assemblage particulier de choses et d'autres, dans lequel, par un processus et pour des raisons qui échappent, un *Je* se reconnaît. Que se dérobent ces éléments et le *je* se dissout... *Je n'existe pas...* — qui est *je?* Ce à quoi me ramenait Alice. Analysante modèle, comme elle avait été enfant modèle, d'aucun souci — mais qui était-elle? Elle éveillait en moi l'envie de la prendre dans mes bras, m'appelant à l'endroit de la mère qu'elle n'avait pas eue tout en m'y redoutant. *Je viens vous voir parce que je n'aime pas mon enfant. Mon enfant m'est indifférent... C'est terrible.* Elle avait pleuré, longuement, en silence, me laissant en proie à mon propre défaut de mère, un temps ancien et douloureux.

Dans l'après-midi, comme je revenais d'une balade dans les Laurentides, une sensation d'angoisse diffuse m'envahit. Le long ruban noir de l'autoroute, les pins qui la bordent... Je me retrouvai projetée sur la route des Landes que j'empruntais, petite, pour traverser les pinèdes en direction de la plage. Puis, comme en un rêve éveillé longtemps enfoui, dans la maison de mon enfance, les yeux fixés sur le carrelage gris luisant sous mes pieds nus, de tous côtés des allées et venues incessantes, bruyantes, cherchant mon père ou ma mère avec le sentiment que nous étions envahis par des étrangers, que la maison n'était plus notre maison. Je restai là figée au carrefour des pièces et des portes, jusqu'à ce que quelqu'un passe et pose une main sur mon front, *ne reste pas là, tu es trop petite*, me donne une poussée sur l'épaule, *va jouer*. Alors je quittai l'entrée à reculons, demeurai un moment sur le perron, dans l'indécision, entre la maison, les landes et la mer, finis par choisir la mer, la grève déserte en la saison — une inquiétude au cœur que je n'avais jamais éprouvée à ce point. Sur le sable je m'occupai à ramasser du bois : pour construire quelque chose, je ne savais quoi — branchages, morceaux d'écorce, aiguilles de pin. Je trouvai un gros morceau d'écorce aux limites du sous-bois, le tirai, le traînai, le poussai. Il était plein, large, lisse à l'intérieur, comme la poitrine de mon père lorsque je me collais à lui, la nuit, quand j'avais peur. Je glissais ma main sous sa veste de pyjama, touchais sa peau. Il sentait bon, mon père. C'était un homme pas grand, trapu, avec de grands yeux gris qu'il m'a donnés, qui me racontait, le soir, des histoires de fées et de sorcières : *Le Petit Chaperon rouge, Alice au pays des merveilles...* Je suis toute petite. Quand il vient me chercher à l'école, il amène des gâteaux pour tous — je l'aime. Mon père, à cette époque, est encore mon amour, mon refuge. Le bois que j'ai tiré n'est pas de l'écorce de pin. Il est lisse et doux à l'intérieur. Ça ferait un beau bateau. D'où vient-il?, quelle marée l'a poussé là? Voilà, je l'ai amené à mi-chemin de mes autres trouvailles, décide de déplacer celles-ci autour de lui plutôt que l'inverse du fait de sa lourdeur : c'est un bateau, j'en suis sûre, pour aller au port — quel port? Je m'affaire, rassemble d'autres branches, écorces, coquilles vides d'huîtres, de couteaux et de moules, épines, tout ce que je trouve, sauf le verre brisé qui me fait peur et que je jette au loin. Vient un moment où je ne vois plus. Je lève les yeux : la nuit est tombée, voile noir sur l'horizon pourpre. La maison paraît figée — saisie dans le crépuscule. Toile de Magritte ou de Delvaux. J'ai froid. D'habitude maman m'a appelée depuis longtemps pour dîner. Aujourd'hui, aucun mouvement, nulle voiture ni lumière aux alentours, pas de bruit non plus, porté par le vent. Le ressac dans le silence. Je me sens minuscule comme les fourmis que j'ai regardées de longues minutes courir sur l'écorce et poussées du doigt — et si le doigt d'un ogre comme celui du *Chat aux bottes de sept lieues*, se mettait à me poursuivre? J'abandonne tout, me précipite vers la maison, ralentis au fur et à mesure de mon approche. Le silence y règne comme autour des maisons fermées en septembre, des housses sur les meubles, que je vois lorsque je marche le long de la grève et me penche sur les chambranles. L'inquiétude du matin, oubliée en jouant, me revient. J'ouvre la porte d'entrée, me hisse sur la pointe des pieds, allume, appelle «Maman?» — silence. «Maman?», chaque pièce l'une après l'autre, je lève la main vers la poignée, pousse la porte, actionne les interrupteurs : personne, ni dans le salon, ni dans la salle à manger. Je continue d'avancer, d'appeler : «Papa? Maman?», monte à l'étage. Un rai de lumière filtre de la chambre de mes parents. Devant la porte entrouverte, j'hésite, entrevois des vêtements épars sur le lit, entre. L'armoire est ouverte, sur la commode d'autres vêtements sont défaits, je me dis que ma mère n'aurait pas aimé ce fouillis. Puis j'entre dans la salle de bains attenante, dans les toilettes, et tout d'un coup je comprends : on a emmené ma mère. Mon cœur s'arrête. Les enfants continuent-ils de vivre quand leur mère est emmenée ? Je regagne la cuisine, hantée par cette question, sûre que je vais mourir, qu'on m'a oubliée. Je grimpe sur l'évier : de là, on voit les voitures qui arrivent par la route, j'attends ainsi, longtemps, le chat passe en courant dans le jardin, je l'appelle, descends de mon perchoir, le suis dehors, m'égare dans l'ombre, ai si peur, reviens en courant dans la maison, tire la porte derrière moi, crie, crie, pleure, finis par m'endormir contre la porte, épuisée. Beaucoup plus tard dans la nuit, mon père rentre. Il est ivre mort. C'est la première fois. Je ne le reconnais pas. Il y a sur son visage quelque chose de terrible, une sorte de férocité. Il me paraît fou. Je ne l'ai jamais vu dans cet état. Il est devenu quelqu'un d'autre : « Ta mère est morte, hurle-t-il, elle est morte, reprend-il avec violence, morte, répète-t-il, hébété. Elle nous a abandonnés, tu entends, abandonnés... »

Peu de temps après, mon père m'a confiée à sa mère, si bien que je ne le revis plus à l'exception des vacances durant lesquelles il nous conduisait dans la maison qu'il louait, l'été, à Ponderosa, un village non loin de Barcelone d'où ma grand-mère était originaire.

À ce point de mes souvenirs je réalisai que je m'étais arrêtée au bord de l'autoroute et assoupie. Il me fallut un long moment pour retrouver mes esprits et me réengager dans le flot de voitures. Je conduisais lentement, énervée par le roulis incessant et rapide, les réflexes ralentis. Mon père, Alice, ma grand-mère, les visages des uns, les mots des autres me traversaient sur un fond d'images et de sonorités portuaires. De retour à la maison, incapable de m'absorber dans quoi que ce fût, je décidai de sortir marcher. Comme souvent quand je vais au hasard, mes pas me conduisirent sur Saint-Laurent. Saint-Laurent, tumultueuse, du nom du fleuve, qui en monte comme une veine battante, dont la pulsation me rythme et me rassérène. Ses odeurs, ses couleurs, ramification urbaine du charriage maritime aux remous automobiles, dans laquelle je me laissai couler jusqu'à l'un des clubs espagnols qui la jalonnent. Lieu hors du temps, coquille close sur son monde, ses habitués, qui savent y trouver refuge en ces jours frais d'automne comme au cœur de l'été. J'avisai une petite table surplombant l'estrade où les filles, le soir, dansent le flamenco. Aux murs, des décors sans âge : photo jaunie d'un désert d'Estrémadure, horloge octogonale d'un noir luisant flanquée de deux chats, l'un roux l'autre blanc — dont on s'étonne qu'elle marque encore l'heure —, au cœur d'une forêt sur canevas, deux cerfs et, comme en figure de proue, à l'avant du bar, relique d'un Canada chasseur, un canard de bois. De ces canards que les vieux immigrants remportent dans leurs valises quand ils retournent *au pays*. Par vagues, de la guitare sèche, sur les tables, des nappes impeccablement blanchies, dans l'air une odeur de fruits de mer et de bouillon, au comptoir, des hommes bavardant dans un entrechoquement de verre, de vaisselle, dans la salle, d'autres hommes jouant aux cartes par grappes. Une ambiance qui me replongeait dans celle de l'auberge de Ponderosa. Là, je retrouvai mon calme. C'est à ce moment-là que le souvenir de Gabin me revint.

II

Le Vieux Port

Marianne, comme un rivage. Le radio-réveil retentit mais Gabin ne bougea pas. Il rêvassait, se disant que les femmes étaient sa terre, qu'il avait besoin d'elles comme d'un rivage pour le recueillir, un refuge contre la tourmente, la déperdition des choses, le vide qui l'envahissait. Auprès d'elles seulement, dans la lenteur du temps et l'alanguissement des corps, il trouvait un peu de repos, se sentait existant. Il se disait qu'il aurait pu demeurer infiniment longtemps auprès d'une femme qui ne lui aurait demandé que d'être là et de l'aimer. Il ne savait rien faire d'autre, hormis écrire des poésies que d'aucuns disaient belles mais qu'il ne travaillait pas. Souvent, il avait eu honte, s'en était excusé. Malgré cela, il n'était pas parvenu à faire quoi que ce soit de sa vie. Même *dealer* l'avait mis dedans. Il avait fini par donner la dope! N'avait jamais supporté la souffrance, pas plus celle des autres que la sienne. Ce n'était pas de la mauvaise volonté. C'était ainsi.

Marianne, comme un refrain — ce devait être ce nom-là parce qu'elle lui avait parlé de la Révolution... ou de la République...? Toute en joues et en grave regard gris quand il l'avait aperçue, elle ne le voyait pas, parlant avec Espe dans un coin du salon. Il s'était approché, l'avait invitée — Marianne. «Et vous?», avait-elle demandé. Vous! Il avait hésité, gêné à son habitude d'un prénom qui n'avait rien d'usuel. Mais il venait d'un pays où l'on invente les noms, où la vie enroule la langue, l'emporte et la rejette, différente. Timidement, il avait répondu : «Gabin.» Elle s'était étonnée. Puis ils s'étaient enfoncés dans le jardin, la nuit, réfugiés dans la complicité de l'ombre. Il avait épousé sa silhouette des yeux, mouvante, dans une robe noire, de ces robes comme on n'en fait plus, décolletée, cintrée à la taille et tout en plis dans la jupe. Il faisait doux comme en été — l'été indien. Elle lui avait rappelé sa mère, jeune, confectionnant ses robes d'après de vieux *Modes de Paris*, lui la regardant aller, en quête d'un regard, d'un sourire. Marianne, dans l'ombre — un effet mousseline. Il avait expliqué : «Mon grand-père adorait Gabin, *Pépé-le-Moko*». Elle avait repris : «Marianne me vient de mon père, républicain — pas un si mauvais héritage!» Ils avaient parlé dans la nuit. Il lui avait récité des poèmes des Antilles, dans la tiédeur de l'air qui s'étirait il avait murmuré «La bataille du désir qui marque le début d'aimer». Elle avait frémi. Alors il avait su qu'il l'aimerait. «L'un des vôtres, avait-il indiqué, Aragon, *Blanche ou l'oubli...*» Elle, l'accent d'un regret : «J'ai lu Triolet, peu Aragon...» Puis elle s'était levée et il lui avait semblé que sa vivacité emplissait l'air, énervait l'ombre, qu'elle était femme parmi les femmes auprès de laquelle il pourrait vivre, oublier. Mais. Marianne. La peur, une peur de chien l'avait étranglé et il s'était esquivé. Parce que déprimé, parce que... Une femme comme ça... Elle était partie, et lui, à défaut de courage pour seulement retourner la saluer, était monté au premier avec Espe, boire et fumer, se perdre, d'ennui, de regrets, de dépit. Il aurait bien voulu faire quelque chose — quoi? S'éclipser, se noyer la tête dans autre chose, d'autres brumes, était plus simple. Des copains avaient ramené du rhum brun des îles — un pur délice avec du citron vert. Ils avaient fumé et étaient restés étendus à parler jusqu'à l'aube, à boire du rhum en grignotant du *jamón serrano,* à danser et écouter du flamenco et du djembé. Puis il était rentré au matin sans savoir comment. Peut-être quelqu'un l'avait-il ramené, ou peut-être avait-il pris le premier métro, ou peut-être avait-il dormi dans le jardin jusqu'à l'aube. Marianne...

Il reprit pied dans son sous-sol de Lachine, se leva. Ses yeux se posèrent sur les escaliers de secours. Il mit de l'eau à bouillir. Ce quartier sous le pont de l'autoroute, une rue entre le marché et le canal. De ces ruelles devenues rues, sur lesquelles donnent les fenêtres et les portes arrières, et qui, dépourvues de trottoirs, servent d'aire de dépôts en tous genres. Le souvenir de la rencontre avec Marianne lui faisait mal. Sa vie lui apparaissait comme un périple inutile et sans fin. La déprime et la peur l'avait gagné. Parfois, ça ne finissait pas, il avait la diarrhée, des suées dues au manque, il croyait mourir. Aux jours meilleurs il se sentait comme un enfant, fragile comme un petit quand il avait cinq ans et sa mère pour s'occuper de lui, enfin sa grand-mère parce que sa mère était *prise.* Son enfance lui évoquait la cassure, des éclats — mais il gardait ces évocations pour lui. Sa violence, sa tristesse, ses joies, ses *high* et ses *downs* lui appartenaient. Il ne disait rien, ni au travailleur social, ni à l'agent de probation, ni à... enfin, ces bras rapportés de l'administration policière et pénitentiaire. À quoi bon parler, ils ne voulaient pas savoir mais qu'il soit *intégré, adapté, fonctionnel* — qu'il *travaille.* Lui traduisait à part soi : soumis, colonisé, exploité — en souriant. Son sourire était une insulte à l'endroit des fonctionnaires, il le savait et quand il était bien, en jouissait.

Ainsi la vie pour lui s'apparentait-elle depuis longtemps à un compte tenu par d'autres qu'on lui montrait de temps en temps : compte d'argent, de temps, de choses à faire, lui signifiant qu'il était temps qu'il s'en acquitte. Ce qu'il ne faisait jamais car c'eût été payer une addition fictive, l'addition d'autant de choses qu'il n'avait pas reçues, qui lui avaient manqué et avaient creusé au-dedans de lui ce trou que rien ni personne ne parvenait plus à combler. Ce trou dans lequel il s'enfonçait comme dans un puits sans fond. Parfois il avait la sensation que son corps rentrait à l'intérieur de lui-même, se repliait puis se dissolvait dans l'air ou disparaissait dans la terre. Quand il se sentait mieux, entier et vivant, il vivait à crédit sur ce compte ouvert, en souffrance. C'était sa revanche. Il aimait dire, toujours avec un sourire, qu'il *encaissait*. Sur ces pensées il revint au calendrier. Son chèque tombait le 31. Le 31..., hier..., il se reprit à calculer. Ce devait être jeudi puisqu'il avait fait les bars — Parc, Saint-Laurent, avait dépensé presque tout ce qui lui restait pour 1/4 de gramme... Quoique ça allait mieux depuis quelque temps. Il consommait moins, les symptômes s'estompaient. Mais il ne se faisait pas d'illusion. Au moindre coup dur, il retomberait. Il le savait d'expérience et de souffrance. Avant, rien que d'y penser, il se tordait de crampes, devenait moite, transpirait de partout. À ces pensées une vague d'angoisse l'envahit, de celle qui fige dans une immobilité de plomb à la mesure du tumulte intérieur. Ça va passer, essaya-t-il de se convaincre. Il respira, attendit, se dit qu'un jour il n'aurait plus de courage, qu'il taillerait pour de bon ses maudites veines. Il avait déjà essayé, et d'autres choses encore. Tout ça c'était venu après l'exil. Après la solitude. Plus de boulot, la crise. Il regagna la cuisine et se laissa tomber sur la table, visage entre les mains. Il pleurait. La bouilloire sifflait à tête perdue depuis longtemps, il fit passer le café. De nouveau l'angoisse, moins violente pourtant. Il fit une pirouette. À cet instant il aurait avalé n'importe quoi pour que ça passe : Ativan, Valium — n'importe quoi. Il ne s'en sortirait pas. Les cures, il les avait toutes essayées. Et à l'hôpital on le gardait trois jours et on le remettait *sur le trottoir*. Il disait que c'était héréditaire, le *trottoir*, que ça lui venait de sa mère... Le travailleur social *grimpait dans les rideaux*. Lui, souriait. Il était une engeance pour la société, *dixit* le même travailleur... Tout en faisant passer le café, il murmura :

«Je vous ai rencontré dans les ascenceurs
à Paris
Vous vous disiez du Sénégal ou des Antilles.
Et les mers traversées écumaient à vos dents,
hantaient votre sourire,
chantaient dans votre voix comme au creux
des rochers (...)
(...)
Vous étiez la musique et vous étiez la danse,
mais persistait aux commissures de vos lèvres,
se déployait aux contorsions de votre corps
le serpent noir de la douleur.
(...)
Et vous ne refusiez la cocaïne ni l'opium
Que pour essayer d'endormir
Au fond de votre chair la trace des lanières,
Le geste humilié qui brise le genou
et, dans votre cœur,
le vertige de la souffrance sans paroles.
Vous sortiez de la cuisine
et jetiez un grand rire à la mer
comme une offrande perlée.
(...)»

«Black Soul» de Brière, *Anthologie de la nouvelle poésie nègre et malgache*, le seul livre qu'il possédait, transportait, chérissait. Des larmes coulaient toujours sur ses joues. Lentement, il s'assit, prit son café, lut le journal où il découpa une petite annonce. Ça faisait du bien, cette brûlure du liquide dans son corps. Il se dit qu'il aimait la douleur, que la douleur lui donnait la sensation d'*éprouver* son corps, d'exister. Enfant, il gagnait les concours de ceux qui éteignaient des cigarettes à même leur peau, en avait gardé les traces... Il mit la télé : confection de coussins et recettes de cuisine — *mémèrage* des matinées médiatiques... Comme dans son pays on donnait dans le soi-disant populaire... Il avalait son café à petites gorgées, se réchauffait l'âme et le corps — repensa à Marianne, une psy, avait dit Espe. Une psy! Il se demanda si elle était comme les autres, ceux qu'il avait connus, si elle aussi pensait qu'il fallait s'*adapter*! Et Française... Il avait un frère là-bas, et en Espagne, un autre frère — sans nouvelle depuis... Sa mère au pays. Tous dispersés, n'écrivant ni ne téléphonant... Poussières au vent. Marianne. Il pourrait passer chez Espe, ils écouteraient Carlos Vives, parleraient musique, poésie et il lui parlerait de Marianne...

En début d'après-midi il se décida, remonta à pied par le marché Atwater. Peu de monde. Il faisait froid, gris, pluvieux. De surcroît, il ventait. Son blouson le protégeait mal, déchiré sous l'emmanchure. Il passa au bureau d'aide sociale déposer la lettre de son propriétaire attestant de son adresse, l'agent ne le regarda pas. Il éprouva de nouveau le vide. Consommer. Ça lui revint. À défaut de carte d'autobus, il monta à pied jusqu'au Plateau, se rendit chez Espe où il resta jusqu'au soir.

* * *

Il était 21 h. Je bouclais mon cartable quand une voix m'interpella du haut de l'amphithéâtre. De l'estrade je ne distinguais qu'une silhouette dans la pénombre. «Vous alors.» J'ai sursauté tandis que la voix glissait vers un rire retenu. Gabin! Combien de temps... Je le voyais qui se faufilait entre tables et chaises, saisie par sa grâce comme au premier soir — en mémoire son louvoiement dans la faune éclatée, mi-intello, mi-artistique, homo-trans-hétéro du Plateau, scandant des poésies au rythme du djembé... Il souriait, tel l'enfant au plaisir de son effet. Quelque chose m'avait pourtant retenue de lui depuis lors. «Vous enseignez?» Il dut sentir mon malaise car il eut un mouvement de gêne. «Nous y allons?», proposai-je pour me rattraper. «Justement, me répondit-il avec un sourire qui devait être son plus doux tout en se précipitant sur mon cartable, je vous raccompagne.

— J'habite loin.

— Je vous raccompagne, insista-t-il. J'ai emprunté la voiture d'Espe. Elle galère, je vous préviens, mais c'est mieux que le bus avec le temps qu'il fait!

— D'accord», m'entendis-je murmurer. La perspective d'attendre l'autobus sous la pluie ne m'enchantait pas, et je ne dis pas que je ne prenais plus le métro depuis le jour récent où un jeune homme s'était jeté sous la rame où je me trouvais. J'avais encore dans le corps le souvenir de l'arrêt strident, en tête l'épouvante des voyageurs, leur précipitation folle et l'angoisse panique de la femme qui s'était accrochée à moi au point de me laisser des marques sur les bras, que j'avais fini par déposer dans un taxi avant de m'en retourner moi-même fortement secouée.

Nous marchions en silence, nous pressant sous la pluie : «C'est celle-là», indiqua bientôt Gabin en s'arc-boutant sur l'aile d'une vieille chrysler rouillée pour en dégager la portière. «Je vous avais prévenue...» Je le dévisageai. Il était prévenant, gai. Nous nous installâmes et partîmes, lui, concentré sur la chaussée glissante, moi, fatiguée, somnolente. « Je vous laisse », entendis-je bientôt comme dans un rêve. « Marianne? » La voix était lointaine. « Marianne? » Était-ce moi qu'on appelait? Ma mère depuis la maison des Landes tandis que je jouais sur la plage? Ou ma grand-mère à Ponderosa?

Quand mon père m'avait laissée chez ma grand-mère après le décès de ma mère, je ne parlais plus. Je crois que j'avais décidé que le monde ne valait plus la peine qu'on s'adressât à lui; que ma vie se limiterait désormais à ces lieux et leurs personnages : ma grand-mère, mon chat Gato que mon père lui avait confié avec moi, et les poules et les lapins qu'elle élevait dans un poulailler et des clapiers au fond du jardin. Il y avait aussi la chienne des voisins, Isabelle, une bâtarde croisée de chien de chasse et dont on ne savait trop quoi d'autre, rousse comme du feu, les oreilles pendantes, dont l'espièglerie m'amusait terriblement et que ma grand-mère, bien que craignant les chiens, supportait pour moi. Je dois dire que ma grand-mère fut d'une rare intelligence, qui ne fit aucune remarque concernant mon mutisme, simplement, le respecta. Plus finement, elle fit comme si je parlais autrement. C'est-à-dire qu'elle me répondait comme si j'avais dit des choses qu'elle avait en fait devinées à l'expression de mon visage ou à mon attitude, ou bien parlait-elle à ma place en me regardant droit dans les yeux, comme les enfants font avec leurs ours ou leurs poupées, ou bien encore faisait-elle semblant de parler pour elle — je me rappelle comme elle disait « Ah!, moi quand j'étais une petite fille je pensais que... » ou « Si j'étais une petite Marianne... », autant de façons qui me faisaient rire et elle avec moi. En quelques mots, elle me soulageait ainsi de la souffrance que représentait alors pour moi le fait de m'adresser à un autre être humain. J'avais besoin de silence et elle me l'accordait, j'avais besoin de haïr et elle m'y autorisait, j'avais besoin de reconstruire mon monde dévasté et elle m'y aidait. Il faut dire qu'elle avait, d'une vie difficile — celle d'ouvrière du coton qui avait travaillé dès l'âge de neuf ans —, gardé un courage et une gaieté iné-branlables. Je la vois, le soir, assise dans la cuisine devant le poêle à charbon, enfoncée dans un fauteuil d'osier à haut dossier, reprisant ou brodant en me racontant son enfance à Barcelone tandis que je l'écoutais, silencieuse, avec le sentiment qu'elle ne parlait que pour moi, qu'elle était toute à moi. J'avais tant besoin de croire cela. Ses mains usées devenaient dures, dures, disait-elle, en me montrant ses paumes, tout ça pour avoir à peine de quoi acheter un quignon de pain et faire une soupe. Alors les grèves ont commencé, racontait-elle. Ce furent les femmes qui menèrent les groupes, disait-elle fièrement, et on en vit insulter les hommes qui ne gagnaient pas leurs rangs, disait-elle en les mimant, bras levé et riant. Éclatèrent ensuite les attentats anarchistes et les luttes contre l'exemp-tion des fils de riches pour la guerre de Cuba. En 1895, citait-elle de mémoire, *El Corsario* écrivit — là elle se mettait à déclamer avec cœur : «Mères chéries, oui, c'est ainsi qu'il parla aux mères, vos fils ne vont pas combattre des fauves, la guerre aurait alors une explication... Non!, vos fils vont s'entre-tuer avec les fils d'autres mères. Et tout ça parce que ceux de là-bas ne veulent pas être dominés par ceux d'ici...» Ne sachant presque pas lire, elle récitait de mémoire ce qu'elle avait appris dans les réunions ouvrières d'alors. Tu vois petite, commentait-elle, moi c'est un frère que j'ai perdu, disparu dans cette guerre, un *niño* de vingt ans, et pour une guerre qui n'était pas la nôtre, loin de notre pays où il ne fut pas même enterré — elle fermait les yeux, des larmes coulaient sur ses joues roses et ridées. «On n'avait rien, reprenait-elle, rien». Puis, doucement, sa voix s'éteignait, emportée par les disparus, son frère par la guerre, son père par la mer, ancien pêcheur de la Barceloneta dont elle disait aussi les légendes. Je crois que c'est à elle que je dois mon métier, à sa patience, à sa bonne humeur, à sa générosité et à la confiance qu'elle avait en moi, que je reprendrais vie, m'épanouirais. Marianne, Marianne?, entendis-je encore. J'eus peur soudain, me mis à crier, ouvris les yeux en sursaut. Où étais-je? Quelle heure était-il? «Vous vous êtes endormie.» Gabin me dévisageait avec curiosité. «C'est le vieux port, reprit-il. J'ai pensé...» Je mis plusieurs minutes à réaliser que nous étions effectivement au vieux port, garés sur les arrières du marché Bonsecours, face au fleuve. Au loin dans la brume, l'impressionnante masse des silos à grain. Une corne de brume résonna dans la nuit, bientôt suivie d'une autre. À l'horizon, sur l'eau, des fanaux se croisèrent. Un fin crachin formait un voile entre nous et les choses. Nous étions bien, au chaud, enveloppés dans la voiture. Tout était calme au dehors, l'endroit désert à cette heure tardive et par ce temps. Longtemps nous restâmes assis, en silence, emportés par l'eau, la nuit. L'eau, le fleuve. L'eau, la mer. «Vous aimiez aussi la mer?

— La plage, murmura-t-il. On était si bien, finit-il dans un souffle.

— Pourquoi êtes-vous parti?» Il haussa les épaules, rit à nouveau de son tendre rire où perçait le désabusement. «Nous rentrons?» J'acquiesçai. Nous repartîmes, silencieux, aspirés par nos rêves réciproques. «C'est au premier, indiquai-je quand nous fûmes arrivés. Mon nom est Laune, Marianne Laune.

— Je pourrais vous téléphoner?» Sans attendre de réponse, comme si j'avais acquiescé et qu'il en fût heureux, Gabin sauta hors du véhicule et vint m'ouvrir. Il pétillait. Il avait gardé quelque chose de l'enfance, quelque chose de la grâce.

III

Errance

En attendant son chèque, il traînait. De Prince-Arthur à Van Horne, de Parc à Saint-Laurent : l'ouest du Plateau, quartier d'errants, de jeunes artistes et de *new age* en mal de vivre, férus d'ésotérisme et d'astrologie. Ce quartier, jusqu'au Mile end, il le connaissait comme sa poche. Ses rues étroites aux duplex bas, les façades à même la rue, que le soleil, l'été, paraît brûler — rue Coloniale, rue Saint-Dominique. Coopératives de logements à l'architecture symétrique, une jardinière par balcon comme une fleur par boutonnière ; maisons de chambres à l'abandon, fenêtres crevasses s'ouvrant sur des arrières-cours ; trottoirs imaginaires et arbres tailladés à la lame en tatouages de ville — flèches, cœurs transpercés. Rien à voir avec les frondaisons d'Outremont. Un peu plus au nord les devants de porte se font coquets, foisonnant de fontaines et de rocailles où les rosiers embaument l'été, formant tonnelle avec les vignes grimpantes — coin des Grecs et des Portugais. En certains soirs chauds, les gens prennent le frais, et le dimanche, quand il y a mariage à l'église orthodoxe, tous sont au parterre. Vie de village. Mais en ce mois d'octobre tout s'était déjà glacé. Il n'aimait pas cette saison d'automne avancé qui emporte dans l'hiver comme un train dans un tunnel — sa noirceur, ses frimas, ses glaces... D'y songer, il frissonna. Il se trouvait au coin de Rachel quand il pensa à Henri, prof de Cégep, pied-noir, qu'il avait connu quinze ans plus tôt quand il avait tenté d'obtenir son équivalence de fin d'études. Il lui manquait, lui avait-on dit alors, quelques mois de scolarité, ce qu'il n'avait jamais compris car il avait terminé son secondaire chez les frères. Était-ce les administrations, était-ce lui?, un papier lui faisait immanquablement défaut, ou bien il s'y prenait trop tard, ou... À bout de patience il s'était emporté et n'avait pas donné suite... Ce laisser-aller, cette perte de confiance remontaient à loin dans l'enfance. Les coups qu'il avait reçus de son grand-père! Heureusement que la vieille Vierjina le consolait, qui le recueillait en cachette et le gâtait de *gingembrettes*, de *piroulis*. Mais de se rappeler le passé le perturbait. Il décida donc de passer à autre chose et, comme si cela se faisait sans difficulté, se concentra sur le présent, c'est-à-dire sur Henri qui habitait à deux pas. Parvenu au parc, il sonna à une porte, le regard retenu par les joueurs de tennis qui persévéraient malgré le froid. «Gabin! Ça alors... entre, entre». Il se retourna, aperçut Henri en haut des escaliers qu'il avala en quelques sauts. «Qu'est-ce que tu deviens?», poursuivit l'homme en le gratifiant d'une claque sur l'épaule. Ça lui fit chaud au cœur. C'était pour ça qu'il aimait bien Henri : sa chaleur, sa générosité. Il lui adressa un sourire embarrassé — lui qui n'avait rien. «Et, tu ne vas pas te gêner avec moi», reprit l'homme comme s'il avait deviné ses pensées. «Allez, va par là, dit-il en lui indiquant le salon. Installe-toi, je reviens». Gabin avisa un fauteuil et se mit à détailler le salon obscur. Murs tendus de toiles aux motifs mudéjar, sièges et poufs de cuir dispersés sur des tapis et, ça et là, sur des guéridons, au mur, au sol, des instruments de musique, des figurines et des masques africains. Devant la fenêtre des plantes tropicales formaient une dentelle de verdure. Ça n'avait pas changé, songea Gabin. L'appartement paraissait simplement un peu plus plein, un peu plus ancien, un peu plus habité. «Allez, tu vas me faire plaisir, tu vas manger avec moi. Tu as pas bonne mine», dit son hôte en revenant, un plat de couscous fumant sur les bras. «Tu fais comme chez toi, hein?, pas de chichis», reprit-il en lui tendant une assiette pleine. «Je ne suis pas venu pour ça», protesta doucement Gabin. De fait, il n'avait pas pensé que c'était l'heure de dîner. Il y pensait rarement. Les heures de repas, les heures de coucher, les heures de rentrées et de sorties, lui échappaient généralement — sauf durant les périodes où il travaillait. Pour le reste il mangeait quand ça se présentait. À part le matin, le petit déjeuner qu'il ne manquait jamais parce qu'il avait un appétit du diable en se réveillant. Mais c'était souvent son seul repas de la journée. Avec la consommation la faim s'estompait, comme le reste — le temps, les mots. Sa vie devenait une sorte d'étendue déserte sur laquelle il se laissait glisser comme sur la plage où il allait traîner, adolescent, fuyant les corrections. Et puis lorsqu'il avait faim, il n'avait généralement pas d'argent. Il faisait donc avec son appétit comme avec les pensées qui l'encombraient : il l'ignorait. «Si tu ne manges pas tu m'offenses, reprit l'homme. C'est maman qui l'a fait.

— Ta mère est à Montréal?

— Eh oui, elle vient chaque année maintenant. Au printemps ou pour l'automne. Elle, tu sais, les grosses chaleurs... Elle a son petit appartement à Paris. Elle rentre l'hiver. Là-bas il y a ma sœur qui s'occupe d'elle. Mais depuis qu'elle est ici, je la vois pas. Elle s'est fait une copine qui l'a amenée aux bains vapeur et elle veut plus les quitter. Enfin, je plaisante. Mais toi, parle-moi de toi... Tiens, sers-

toi, mais sers-toi sinon tu m'offenses...» Sans attendre sa
réponse, il resservit Gabin.

Ils parlèrent pendant presque deux heures. De tout, de
rien, de la vie, de la famille, du travail. En fait, c'est Henri
qui parla. Gabin écouta. Non qu'il n'eût pas envie de
parler, mais qu'aurait-il raconté dont il pût être fier ou
heureux? Aussi se taisait-il. Il pensait aussi que les gens
l'appréciaient pour son silence. En fait ce n'était pas pour
parler qu'il voyait des gens mais pour oublier, s'accrocher à
quelque chose, sortir du vide où il se trouvait, pendant une
heure, une après-midi, une journée. Ce vide qui le reprenait
dès qu'il se retrouvait seul comme en ce jour, deux heures
plus tard comme deux heures plus tôt — rien n'ayant
changé dans sa vie, sauf le temps qui était passé. Il lui fallait
tuer le temps, comme en prison il avait fait son temps,
jouant aux cartes, regardant la télé. Il y avait le temps
minuté de la douche, des heures de repas, du téléphone —
moments précis dans des espaces désignés, sans dérogation.
Qu'il manquât ce temps-là et il manquait la chose. Et
pourtant, ce temps compté et minuté, était le même que le
temps illimité dans lequel il se trouvait à l'extérieur. Parce
qu'il était aussi organisé pour oublier, par et pour les autres.
Alors, entrant dans ce temps, il entrait dans la vie des
autres, se perdant lui-même. Drôle de réinsertion! se
moquait-il doucement. Il savait, contre les discours
officiels, que le temps de la prison en est un de la dépossession, qu'au-dedans tout est fait pour vous désapproprier de
tout, y compris de vous-même, qu'en cela réside la violence
de l'enfermement. Jusqu'à ce que vous ne vous sentiez plus
tout à fait humain, que vous soyez *brisé*. Il s'agit alors de se
croire libre, contre les murs, libre dans sa tête, de s'envoler
en pensée comme un oiseau — libre, follement. Il avait
écrit un poème mais... Neuf mois qu'il avait pris. Des histoires stupides. La première avec Martine, une ancienne

amie chez qui il avait sonné une nuit d'hiver. Il avait manqué le dernier métro, était sur un voyage. S'il n'avait pas fait si froid, il aurait couché dehors. Si seulement. Elle avait refusé de le laisser entrer, et sans qu'il se rappelle comment, ça avait fini par une bataille dans la rue, la nuit, la neige. Étranges moments. Au fur et à mesure qu'ils s'étaient battus, il avait eu l'impression qu'ils le faisaient comme lorsqu'il était enfant. Peut-être parce que Martine était ceinture marron, solide comme un roc, avait du répondant, et que lui, dans son voyage de dope, ne voyait plus clair, hallucinait. C'était devenu un plaisir, cette bagarre dans la neige, les fluorescences des réverbères, comme un rêve, et puis les coups, francs, réservés, pas méchants, pas de coups bas. Ça allait, ça venait. Une bataille comme un ballet. Ils ne se faisaient pas mal. D'ailleurs ni l'un ni l'autre n'avait eu quoi que ce fût. Bien sûr, ça n'est pas une façon de se comporter. Bien sûr, il n'aurait pas dû gueuler, ni sonner, ni... Bien sûr, les voisins avaient appelé la police. Et comme elle avait un frère flic, il y avait eu plainte. Le juge avait conclu : voies de fait, coups et blessures. Un an dont six mois ferme. Sentence *exemplaire*, avait-il précisé. Jamais vu une si grosse peine pour une si petite cause, avait commenté l'avocat... D'autant que Martine n'avait rien eu. La deuxième histoire, c'était dans un petit restaurant végétarien. Une engueulade avec une serveuse. Voies de fait, avait encore inscrit la police — il fallait bien qu'elle serve à quelque chose la police. Entre-temps il était devenu *récidiviste :* trois mois de plus, sans sursis...

Il avait marché en pensant à tout ça après avoir quitté Henri, marché, marché. Si bien qu'il se trouvait à présent non loin de chez Espe, sans doute chez elle à cette heure, entourée de sa horde de mâles : anglo, sud-américains. Elle avait le chic et le charme. Ça ne lui disait rien. Qui d'autre ?

Il en était là de ses pensées lorsque ses doigts extirpèrent un papier froissé de ses jeans : la petite annonce de boulot qu'il avait découpée deux semaines plus tôt : rue Saint-Dominique, c'était à deux pas. 16 h 30, il avait juste le temps... Il bifurqua sur sa droite, chercha un bon moment avant de dégotter l'entrée, sans numéro, qui se confondait avec la porte d'un magasin, suivit des flèches peintes sur les murs à l'intérieur de la cage d'escalier sans savoir ce qu'elles indiquaient, se retrouva bientôt dans une vaste pièce sombre. Certainement une ancienne manufacture à voir les pieds de machines vissés au sol qui servaient à présent de support à de grands établis de bois faisant office de tables, jonchés de vêtements. Un gars l'aborda, anneau à l'oreille, fesses rebondies dans un jean moulant, le sourire racoleur :

« Tu viens nous aider ?

— Laisse-le, Marco. Dis-lui de venir ici », lança un homme plus âgé du fond de la salle, penché sur des cartons. Apparemment le boss. Gabin s'avança vers lui : « Je viens pour l'annonce.

— Tu cherches quoi ?

— Ça dépend.

— Quoi ça dépend ? Tu veux une job ou pas ? » Puis l'homme, l'ayant détaillé du regard, se reprit en douceur : « Si tu veux, j'ai plusieurs choses, ajouta-t-il en s'arrêtant ostensiblement à hauteur de son sexe. T'as déjà posé ? Et les salons ? Un beau gars comme toi ! », poursuivit-il en s'approchant, faisant mine d'avancer une main vers sa cuisse. Gabin recula : « L'annonce parle de vente.

— Oh ! Ça te regarde. Dommage », commenta son interlocuteur qui le dévisageait avec insistance. Sur quoi il se détourna tout en murmurant d'une voix à peine audible : « *Don't you want to fuck me ?* »

Gabin n'était pas sûr d'avoir bien entendu. Il scruta l'homme, ne répondit pas.

« *Bueno, forget it*! La vente c'est des tee-shirts. Tu vois les cartons là. Des tee-shirts, des tee-shirts, des tee-shirts, de toutes les couleurs avec un cœur rouge dessus. Contre le Sida.

— Un projet gouvernemental!», lança Gabin en forme de plaisanterie. L'homme n'avait pas entendu. « Tu vends au porte à porte, poursuivit-il.

— On est payé comment?

— À la commission.

— Pas de fixe?

— Pas de fixe.

— Vous prenez les gens pour des cons!

— Si ça te plaît pas, tu te tires. O.K.?

— C'est ça, ouais. Je me tire, conclut-il en tournant les talons.

— Il t'a pas eu?, susurra le jeune en l'accrochant au passage.

— Vas te faire foutre!», jura Gabin.

Dehors, il se rendit compte qu'il était en nage, sa tête chaude et comme dans un brouillard que la pluie mouillée de neige qui s'était mise à tomber n'arrivait pas à rafraîchir. Il ne faisait pourtant pas chaud à cette heure, même plutôt froid, le soleil avalé par les buildings. Il se mit à grelotter. Et puis l'angoisse le prit. De destruction, de mort. Il eut l'impression qu'il devenait fou, qu'il tombait dans un trou et allait perdre le contrôle, faire n'importe quoi, hurler, mourir, se tuer. Il se mit à marcher vite. Très vite. Les rues devenaient des tunnels dans l'avant nuit, cernées de cubes de béton aux spots néons clignotant — les pharmacies —, dans lesquelles il courait à présent, s'élançait à l'aveugle, fermant et ouvrant les yeux sur les trottoirs et sur la chaussée, évitant de justesse les voitures dans un slalom éprouvant et dangereux. Dans cet état il descendit la Main jusqu'à Sainte-Catherine, le coin des putes et des *peep-*

shows, des boîtes à sous et des hot dogs à soixante-dix-neuf
cents. Là, il s'arrêta, à bout de souffle, halluciné, perdu, se
mit à errer en continuant vers Notre-Dame. C'est à ce
moment-là qu'un type lui fit signe, apparemment un
Chinois, depuis le porche d'un restaurant : « *Smoke ?
smoke ?* » Gabin hésita, il connaissait le milieu. « *Nothing* »,
dit-il en montrant ses poches. L'homme fit un geste évasif
de la main comme pour signifier que ça n'avait pas d'importance, comme s'il ne cherchait qu'un compagnon
d'infortune. Le regard perdu, un sourire qui paraissait aussi
lointain qu'éternel accroché au visage, il semblait, comme
lui, être rendu au bout des choses. Il lui indiqua un couloir
qui s'enfonçait sur l'arrière du restaurant dans lequel Gabin
le suivit. Le dédale des rues devint un dédale d'escaliers
intérieurs et extérieurs, de couloirs, de portes entrouvertes
sur des cuisines de restaurants rejetant par bouffées vapo-
reuses des odeurs de gingembre, de coriandre, de jasmin. De
temps en temps ils empruntaient une coursive extérieure. Ils
traversèrent ainsi au moins trois ruelles et plusieurs
immeubles mitoyens entre lesquels des passages avaient été
aménagés par des portes à moitié dérobées, situées en sous-
sol ou sous les escaliers. Un lacis inextricable, comme la
casbah dans *Pépé-le-Moko*, pensa Gabin, dont l'atmosphère
changeait progressivement. Ils quittèrent bientôt le coin des
restaurants pour tomber dans des immeubles d'habitation.
À présent les portes s'ouvraient sur des chambres où
gisaient des matelas, faiblement éclairées par des ampoules
vissées à même les plafonds ou par des lampes de fortune.
Des gens passaient, des hommes pour la plupart, seuls ou
accompagnés d'une fille, des Blancs, des Asiatiques,
quelques Nords-Africains. Les lieux semblaient n'avoir
jamais vu la lumière, l'air était raréfié, les murs qui avaient
été blancs ou crème étaient à présent d'une couleur indé-
finissable, couverts de graffiti et de traînées qu'il imagina

d'excréments. Ils entendirent des cris, puis plus rien. Au bout d'un temps qui lui avait paru hors du temps, tout comme les lieux qu'ils avaient traversés lui avaient paru hors de l'espace, une ville dans la ville, d'ailleurs et de nulle part, l'homme bifurqua dans un minuscule couloir à droite du corridor central où ils se trouvaient jusqu'à une nouvelle porte qui débouchait sur une sorte de hangar où il lui fit signe d'entrer. Un réduit, sous les toits, où l'on ne tenait debout que sur deux mètres. Au-delà, le plafond suivait la pente du toit du hangar, obligeant à se courber. Par la lucarne il pouvait, à cette heure, apercevoir le ciel de nuit, les premières étoiles et la neige fondante qui s'écrasait sur le carreau. L'endroit paraissait un peu plus propre que ce qu'il avait vu jusqu'ici et il y faisait moins froid qu'on eût pu s'y attendre. Par terre, un tapis de paille tressé, dans un coin, un matelas maculé posé à même le sol, une lampe dont l'abat-jour gisait à côté, déboîté de son socle. L'homme qui ne parlait apparemment ni le français ni l'anglais — Gabin avait entendu dire qu'on avait retrouvé, dans le quartier chinois, des Asiatiques arrivés en fraude voici des années, séquestrés depuis lors dans des chambres de fortune par des restaurateurs les entretenant dans la crainte que s'ils étaient découverts, ils seraient sur le champ renvoyés dans leur pays ; des jeunes devenus adultes qui, parce qu'ils avaient été reclus durant toutes ces années, n'avaient appris aucune langue et ne connaissaient pas la ville, à peine le quartier — le quitta un moment pour aller ouvrir, de l'autre côté du minuscule couloir, une seconde porte. Lui, s'assit. De sa place il pouvait apercevoir une petite pièce semblable à celle où il se trouvait, qui faisait apparemment office de cuisine et de salle de bains : une douche en coin, un réchaud installé sur une petite table, un évier. L'homme mit l'eau à couler puis disparut derrière la cloison. Il entendit un glissement, comme un tiroir que l'on ouvre, mais heurté, comme si l'homme éprouvait des difficultés à l'ouvrir, puis il le vit revenir avec une pipe à eau et une boîte de fer blanc à motifs de dragons qu'il déposa sur la table. Au fur et à mesure qu'il installait les éléments, l'homme devenait fébrile. Gabin ne l'avait pas bien regardé mais voyait à présent ses gestes saccadés coupés de tremblements incontrôlables, ses vêtements, propres, mais usés jusqu'à la trame et déchirés. Bientôt, l'appareillage fut prêt. Il se sentait devenir moite. L'homme revint avec la pipe qu'il installa au sol devant le matelas. Puis il tira d'une soupente qui se trouvait au fond de la chambre, cachée par un montant de bois, un second matelas qu'il déroula. Tous deux s'étendirent et se mirent à fumer, silencieux, uniquement préoccupés par cette vapeur qui leur montait à la gorge, dans les poumons, à la tête, leur adoucissant l'âme et le corps. Bientôt une sorte d'euphorie les gagna. Ils se mirent à parler comme s'ils se comprenaient, dans une sorte de langue inventée, mélangeant des mots de toutes sortes de langues, chacun les siens, y ajoutant des gestes qui les faisaient rire, rire. Jusqu'à ce que Gabin eût d'un coup la sensation que sa tête allait éclater tandis que l'espace alentour lui parut s'effriter, les murs s'écarter et s'étirer comme s'ils étaient élastiques. Le sol allait se dérober, le plafond s'effondrer. Pris de panique, il se projeta à l'extérieur de la chambre, avança sans savoir. Dans sa tête, un brouillard traversé d'images disparates empruntant maints sens, disjonctées, éclatées : blancs, noirs, courts-circuits non maîtrisables dévidant des images hétéroclites, entrechoquements continus ; des souvenirs comme les mots, en pièces ; le temps et l'espace se fondant à des profondeurs d'ombre sourde jusqu'à l'inconscience. Il avait le sentiment de réentendre des choses oubliées, le ressac de la mer, des voix, la voix de sa mère, des bruits de ville et de port, des sirènes de bateau — Port-au-Prince, Montréal. Les lieux d'aujourd'hui et ceux d'hier se mélangeaient. Passé et présent, réalité et virtualité, gestes et paroles, se confondaient. Il ne sut pas comment il se retrouva dehors. Ce fut très rapide comparativement au temps qu'il avait mis pour atteindre la chambre. Il comprit pourquoi lorsqu'il déboucha sur la rue de La Gauchetière à plus de deux cents mètres de l'endroit où l'homme l'avait abordé. Mais il eut à peine réalisé cela que sa tête menaça à nouveau d'éclater.

Il se projeta au-devant de lui, traversa le pont qui surplombe l'autoroute Ville-Marie comme un déchaîné, passa devant l'église Notre-Dame qu'il ne reconnut pas, traversa le Vieux-Montréal pour aboutir à l'extrême ouest du port, dans un chantier en construction. Il avait chaud, tellement chaud qu'il se dévêtit et se coucha sur la mince couche de neige qui s'était amassée sur l'endroit désert. Puis il perdit conscience.

* * *

Ce furent des voix qui l'éveillèrent. L'aube, une aube glacée, le pénétrait jusqu'aux os. Tout son être tremblait. Un groupe d'ouvriers arrivaient du bout du terrain vague. Alors seulement, se regardant, il se rendit compte qu'il était nu. Il eut juste le temps de se jeter dans un énorme baril avant que les hommes ne passent à proximité de lui. Le baril avait dû contenir de la peinture ou un dissolvant — ces vapeurs lui donnèrent la nausée, trop proches de la dope. Quand les hommes se furent éloignés, il rassembla ses vêtements épars, réalisa qu'il avait perdu ses chaussures et vit que ses pieds étaient couverts de coupures et de plaies, en sang. Toute la douleur du corps et de l'âme, effacée durant quelques heures, lui revenait à présent, sans pardon. Il s'enveloppa les pieds de morceaux de cartons et de sacs de plastique qu'il trouva alentour des poubelles, puis reprit le chemin de la ville. Heureusement il était très tôt, peu de gens pour le voir. Il marcha dans les rues désertes du Vieux-Montréal, s'asseyant de temps à autre sur le bord d'un trottoir, jusqu'au métro. Une demi-heure plus tard il avait regagné Lachine. Pour éviter Richard dont il craignait qu'il rôdât déjà entre la cour et la galerie arrière — celui-ci avait en effet pris l'habitude, depuis que les premiers froids l'empêchaient de séjourner sur son balcon, de *bardasser* dans l'espèce de garage qui se trouvait au fond de la cour où il avait accumulé, d'une année l'autre, une multitude d'objets : roues de voitures, cafetières, *blenders*, fers à repasser, qu'il rafistolait et revendait, le printemps venu, à la vente de garage qu'il tenait dans la ruelle, accrochant les promeneurs s'en allant flâner au bord du canal —, il entra par la fenêtre de son appartement qui donnait sur la rue en poussant sur la vitre qu'il ne bloquait jamais — au cas où. Son entrée principale! Il ne se lava pas, sauf les pieds qu'il trempa dans de l'eau chaude, puis tomba de tout son long sur son lit où il dormit d'un sommeil sans rêve.

IV

Barcelone, 1888 – Paris, 1970

L'aube s'était levée, translucide et dorée, si belle que je décidai de descendre en ville à pied en coupant par la montagne. Les frondaisons rougissaient, l'air était vif, je respirais. Était-ce bien *ma* ville que je voyais s'étirer, ses buildings jamais assez hauts, ses rues assez longues... Métropole où je m'égare, aux voix contrastées, anglophone à l'ouest, mêlée au centre, francophone à l'est, dans le partage des langues qu'ont tracé les immigrations : Vietnamiens et Chinois, Chiliens et Argentins, Polonais, Iraniens, Libanais... Tour de Babel que ramasse, en son centre, la rue Sainte-Catherine, marquée aux origines : anciennes manufactures de fourrure dont les salles immenses ont été reconverties en lofts, galeries, gymnases. Je m'arrêtai à la brasserie du rez-de-chaussée, commandai un café, rêvassai un moment dans l'odeur de tabac chaud. L'ambiance m'évoquait la place Blanche où j'avais pris mes premiers cours, non loin de la pension où mon père m'avait placée, adolescente, après le décès de ma grand-mère — elle qui m'avait emmenée voir *French Cancan, Les Enfants du Paradis*... La danse, mon *mouvement de libération* charriaient les copains qui livraient, eux, bataille à leur façon, dans le coin de la rue d'Assas... En ces années où l'atmosphère des lycées parisiens pétillait comme un air de printemps. Combien de grèves avons-nous faites?, pour la loi Veil et l'avortement libre, contre le service militaire obligatoire, pour... Chaque printemps il y en avait une, et ça durait, durait, sur les pelouses, l'été, et au café où, échappés de pension, nous nous éternisions, entre les sandwiches au camembert et les espressos, dans la fumée des P4, chez Madame Lucienne, au Cheval Blanc... Un coup d'œil à l'horloge. L'heure était venue. *Ce n'est pas Dieu possible... ce sentiment que j'ai d'être au verso de ce monde...* J'empruntai le monte-charge, le liftier ferma la grille, l'engin se hissa lourdement dans un bruit de ferraille. Cette année, les étudiants ont obtenu de vagues concessions dans un monde qu'aucune vague ne secoue. Je prends mon café au Café Italia, vis par touches, *impressionnistement. Moderato Cantabile* qu'on nous faisait lire. Dans la bibliothèque de la pension, l'été, les portes s'ouvraient sur le parc où tombaient, lourdes de soleil, des pivoines comme des bols de sang chaud. Morceaux de verre qu'une main introduit dans un vagin — *Cris et Chuchotements...* vu à la même époque. Et *India Song* et *Hiroshima, mon amour* et... dans les petites salles du Quartier latin grandes comme des mouchoirs de poche. À présent le Loews, 2001 University, où je m'enfonce, m'enfuis, par les jours froids d'hiver. «Sixième étage». Dans le couloir, les parquets craquent, comme alors. Je salue les autres danseuses, me déleste de mon sac, entame le déshabillage. Et les vestiaires ont la même odeur : encaustique et transpiration. Miroirs, silhouettes. Des reflets comme une vague enfouie, quelque chose du passé qui refait surface, qui n'est pas vraiment un souvenir mais plutôt une empreinte, l'empreinte d'une ambiance qui ne m'a pas quittée parce qu'elle touche une partie de moi ensevelie sous des couches d'autres choses, d'autres manières d'être, de faire, de penser depuis que ma mère et ma grand-mère ont disparu : la civilisation mineo-mycénienne avait écrit Freud. Je l'ai compris après l'exil. Ce continent noir de la féminité ou peut-être seulement d'une féminité ou d'une partie de la féminité — en tout cas d'un autre monde avec ses *illogiques*, son espace, ses constructions, témoignant de l'existence d'une origine propre, unique, différente. Gabin. Sa pensée me rattrape. Je me sens en suspens. Me voilà prête : collant, justaucorps, tee-shirt — seule depuis... Ça papote autour de moi. J'aime le bruit des voix. Il m'est une compagnie. Avec Duras, je ne le savais pas, ne le comprenais pas mais je le sentais : je reconstruisais une partie de moi au plus proche, au plus vrai, dans l'été qui commençait, le vert vif des pelouses qui sautait aux yeux quand on se levait à la fin des cours. Ici, depuis la baie vitrée, c'est l'ancien *red light* que je vois — entre la vie et le vide. Les filles, le soir, sous les néons bleus. À pied je remontais : boulevard Magenta jusqu'à Barbès-Rochechouart, passais sous le métro aérien, prenais le bus par Pigalle. Faune hétéroclite et pressée, rues, cafés, devantures, en pulsation de ville. Sauts sur les parquets, *et un et deux...* Les temps d'hier et d'aujourd'hui me semblent collés comme le recto verso d'une feuille. C'est pourtant une tout autre histoire. Les notes de piano fluides, légères, d'autres fois martelées, excessives, exercices à la barre, *rentrez le ventre, levez le menton, première position...* ; la voix, l'épuisement, *enchaînement, on reprend, pianiste s'il vous plaît...* Aujourd'hui, la sono explose, nous épuise. Les silhouettes s'élancent, parfois abruptes, mais épousant les lignes du sol et de l'étude. Discipline exigeante que la danse, qui travaille au corps et à l'âme — pour dire. Comme alors, je quitte le cours vidée mais avec la sensation d'avoir retrouvé une énergie, en lutte contre la tristesse qui m'envahit depuis quelque temps — la pente douce. Vous savez, ce glissement imperceptible. Un matin récent, mes mains ont glissé le long de mes bras jusqu'à la tiédeur de mes aisselles — et le vertige m'a empoignée. J'avais faim de regards, de désir, de vie. Les jours passant, ma faim s'est faite irrépressible au point que j'ai dû inventer de multiples subterfuges pour ne pas m'y sentir livrée comme une proie fragile à un chasseur sans âme : baliser le vide, explorer la vie, tenir tête à l'absence — ou faire semblant jusqu'à ce que le cœur revienne et la joie avec lui. Depuis quand me suis-je vouée à la solitude? Gabin m'a ressaisie en des liens que j'avais abandonnés.

À la sortie du cours, je me suis arrêtée à McGill. La bibliothèque y est calme, surtout le Rare Books Department. Plus tard, j'ai pris le bus sur l'avenue du Parc — salles de billard et robes de mariée... La première neige tombait, légère et molletonnée, faisant Montréal bleuté — atmosphère couleur d'orage. En arrivant, j'étais si fatiguée que je me suis couchée. C'est dans ce sommeil que Gabin m'a retrouvée. Les voix sont étonnantes, de présence ou d'errance, de songe, de tumulte ou de peur, de tant d'autres choses. Celles qui s'étranglent et celles qui emportent, celles qui ravissent et celles qui glacent, celles dont les fils s'amenuisent jusqu'à s'éteindre, et celles qui s'imposent, en imposent comme autant de traces de ce que la parole a su dire ou fait taire, des charmes qu'elle a exercés. La voix de Gabin, rieuse et chaude des bons moments, que je lui connaissais, ou éclatée, jetée à la tête des choses dans la colère, ou voix ralentie, arrêtée, de la dépression, souffle oppressé du manque, de la peur, que je découvrirai. Quand il était bien comme ce soir-là, elle avait quelque chose d'enfantin qui conviait à la tendresse, quelque chose de doux, de féminin. À l'opposé de ce que j'appellerais plus tard ses surgissements, cette façon qu'il avait d'entrer dans ma vie à des moments où je ne m'y attendais pas, animé de projets impromptus auxquels il souhaitait que je me rallie dans l'instant. Gabin vivait sur le moment, avec la légèreté, la liberté et la grâce des oiseaux. Ce soir-là, je suis tombée dans sa voix comme on se laisse aller, la nuit, à un corps aimé.

*   *   *

Saint-Laurent. J'y reviens incessamment. Artère battante au cœur de la ville, qui traverse des mondes, me rend à mon exil. Grignotée à présent, côté sud, par des restaurants *chic and swell* et des boutiques de mode, effets de la gentrification. Là où la céramique et les planchers de bois ont remplacé les traditionnels sols de ciment et de lino, où l'on a repeint les murs et rétréci l'espace, où les spots halogènes désignent ce qu'il faut voir, occultant l'ombre, où les boutiques faux ancien vendent de grandes marques à prix fort — les coûts ont triplé.

Je suis de ceux qui préfèrent la vieille Main plus au nord, qui, ce soir-là, grouillait de monde malgré le froid. Dans cette ambiance énervée d'avant l'hiver, quand la ville n'est pas encore engloutie par les glaces, qu'un certain rythme bat encore dans les rues. Avec sa faune d'immigrants, d'artistes, d'étudiants en cinéma ou en arts des facultés alentour, ses capharnaüms juifs où l'on trouve de tout, de l'ouvre-bouteille et des fins de série de multitudes de services de table invendus depuis des décennies, à d'innombrables modèles de cafetières italiennes en passant par des kyrielles de poêles et de casseroles, le tout empilé sur des colonnes d'étagères inaccessibles sinon par échelle, à la hauteur des murs. *Vieille Main* comme on dirait *vieille mère*, avec ses magasins de vêtements bon marché où voisinent, dans des vitrines sans âge, caleçons et blouses de travail, chemises, vestons et uniformes infirmiers, tissus au mètre, laine au poids et linge de maison. Auxquels se sont ajoutés, au cours des années récentes, d'autres genres de bazars et friperies, orientation postmoderne, spécialistes en collants, cuirs et cloutés, robes et jupes de patchwork, leggings à damiers noir et blanc surimprimés de fleurs fluo. Et, plus récemment encore, dans les rues qui la croisent vers l'est, des boutiques Art déco aux antiquités coca-cola, achalandées en objets américains des années cinquante : de la pompe à essence décorative au *juke-box* décoré de Marilyn, du mobilier de cuisine chromé, chaises recouvertes de skaï jaune citron ou vert lime, au récamier tapissé de velours léopard frangé — souveraineté du kitsch... Faune commerciale voisinant avec les charcuteries d'Europe de l'Est, les anciens restaurants grecs des rues transversales et les nouvelles *panaderias* chiliennes ou argentines installées plus au nord, où l'on peut manger qui du *smoke meat*, qui des *pikilia* ou des *empanadas* pour quelques dollars. À son habitude, la rue éclatait d'odeurs, de couleurs. Au bout d'une vingtaine de minutes j'arrivai au quartier portugais, son église bariolée, ses coqs dressés aux devantures, ses restaurants où les cuisiniers apprêtent des grillades sous le regard des badauds. Là où les magasins déploient, à la largeur des vitrines, des nappes de coton à broderies multicolores — coqs et fleurs — et des vêtements pour enfant, dentelle et satin — autre forme de kitsch, qui se méconnaît. Mes yeux coururent encore sur les étalages, mon esprit vagabondant. Il y avait là un nouveau magasin, une épicerie n'avait-elle pas fermé? Je songeai à la Main des années 80 que j'avais connue à mon arrivée. D'hier à aujourd'hui, dans ce patchwork inextricable, il était difficile de distinguer les pièces de fond de celles de surface, la trame ancienne des éléments récents, les couleurs d'origine des arrangements modernes — trame du temps qui voit apparaître de nouveaux espaces et mourir d'autres sur fond de dilution et de superposition des couches. J'en étais là de mes songes lorsque j'aperçus Gabin en discussion animée à la porte d'un bar, s'emportant visiblement tandis qu'un homme brandissait le poing. Durant un instant j'eus peur, quand je le vis faire volte-face et venir dans ma direction. Son visage était dur, ses yeux fixés au vide — jusqu'à ce qu'il m'aperçoive. «Vous allez bien? risquai-je.

— On pourrait se tutoyer?», proposa-t-il en me prenant par le bras, un sourire aussi entier qu'avait été sa colère. Sa gaieté emporta ma réserve. Je gardai pour moi la scène que j'avais aperçue. La soirée durant il fut prévenant — son rire roulait dans sa gorge, doux comme du coton, montait à ses lèvres comme un chant, ses mains longues et fines se jouaient des choses et des gestes avec lenteur et grâce — il était beau, je me demandais si la beauté peut soumettre. Nous étions au milieu du repas quand il se mit à parler de son grand-père originaire de Barcelone. Je fus si surprise que je tus mes propres origines. Un étrange sentiment m'envahit : que me parlant de lui, c'était de moi qu'il parlait. Tout avait commencé quand il était petit et que sa mère, qui l'avait eu très jeune, l'avait confié à ses parents. De père il n'en avait pas, n'en avait jamais eu : un *marin,* dit-il avec un geste évasif, une grimace qui lui déforma le visage. Si bien que ses grands-parents l'avaient élevé. Mais *élevé* était un grand mot. Noir comme il était, à l'image de son aïeule, la vieille Vierjina, et bâtard d'une fille répudiée, il était devenu le souffre-douleur de son grand-père qui s'était mis à le battre comme il faisait avec sa femme depuis des années — depuis qu'il avait chassé leur fille, racontait Vierjina. De voir battre sa grand-mère lui était plus insupportable que de l'être lui-même. Sans doute parce qu'il aimait particulièrement la vieille femme, qu'elle était tout son réconfort, elle à qui, disait-on, il ressemblait tant. Par sa noirceur mais aussi les traits de son visage et ses longues mains fines dont elle faisait usage pour soulager les douleurs des uns et des autres, connue pour ses dons de guérisseuse et de voyance dont il avait aussi hérités, lui qui pressentait les mouvements des âmes mieux que quiconque, disait-on encore. Il me raconta comment, durant les mois qui avaient suivi la séparation d'avec sa mère, alors qu'il était tombé gravement malade, la vieille femme l'avait gardé dans ses bras des après-midi entiers, le berçant sur la terrasse extérieure de la maison, enveloppé d'un édredon pour le faire suer et que les fièvres tombent ; comment, tous deux l'un dans l'autre dans le clair-obscur des après-midi chauds, l'ombre des persiennes, assis dans une large banquette de bambou remontée de la cave et installée à cette intention dans le salon, s'assoupissaient dans son chant. En bruit de fond le va-et-vient de la rue, le froissement du vent dans les avocatiers et les *quénèpes* du jardin et, depuis le lointain, le ressac de la mer, les jappements de quelques chiens sauvages, les jacassements des poules. Derrière ses paupières closes, à intervalles réguliers, l'ombre de l'éventail qui allait et venait, le doux murmure du *dou dou* qu'accompagnait la caresse d'une main sur son front. Il transpirait, brûlant, goûtait sous sa joue la mollesse douce des seins vieillissant — chair brune, plissée et fine comme du papier à cigarette dont sa grand-mère avait l'odeur après une vie de rhum et de fumée, peau tannée et odorante comme un cuir dont le contact suffisait à apaiser son chagrin. Il subtilisait du tabac à l'aïeule, avalait du rhum, à se rendre malade. Aussi, quand il voyait battre la vieille femme, et sans moyen de l'empêcher, tout se défaisait en lui. Il perdait la notion des choses, ne savait plus où il se trouvait, aurait fait n'importe quoi pour oublier, profitait du retour d'école pour aller traîner chez les uns et les autres ou aller jouer au foot sur la plage. Plus âgé, pour se faire un peu d'argent, il s'était mis à jouer aux cartes dans les arrière-cours de ruelles, puis à échanger, acheter et revendre quelques disques, des cassettes — des bricoles quoi. Sur le fond de cette espèce de fluctuation de la ville, dans le temps indéfini de l'enfance. *Errante enfance*, murmura-t-il comme en une prière faite plainte. Son grand-père avait beau le corriger, rien n'y faisait. Au contraire. Il repartait par les rues, rôdait derrière les petits restaurants en quête de nourriture, couchait dehors à l'occasion. Si bien qu'à plusieurs reprises, jeune encore, il s'était fait ramener par la police. Ainsi essuyait-il de nouveaux coups, et le cercle se refermait. Pourtant, leur antagonisme aidant et l'âge faisant son œuvre, le grand-père s'était fatigué au point qu'un jour il n'avait plus été capable de se tenir debout et avait dû s'aliter. Si bien que dans la maison dans l'ombre, la journée durant, le silence s'était installé. Vierjina et lui n'avaient plus entendu que le bourdonnement des mouches voltigeant de-ci de-là, se posant, et, sec et inlassable, le claquement de la tapette du vieil homme s'évertuant à les tuer tout en faisant régner sa voix depuis la chambre sur tout silence et parole qui eussent pu vivre en dehors de lui et faire qu'on l'oubliât. Ou bien réclamait-il à cor et à cri qu'on le sorte, voire le promène. La grand-mère s'en allait alors mander quelque voisine qui venait aider à transporter le vieillard sur le fauteuil de cuir installé à demeure sur la véranda d'où il continuait de vitupérer — n'effrayant plus que les poules et les chiens. Les seuls moments de tranquillité qu'ils avaient correspondaient à ses assoupissements, mais ils ne duraient jamais bien longtemps et le manège reprenait car le grand-père, avec sa voix qui traversait l'espace en faisant fi de tous les obstacles, n'en finissait pas. C'est à cette époque que le vieil homme qui sa vie durant avait obstinément refusé d'évoquer sa jeunesse en Espagne, s'était mis à parler. Et ses récits étaient si vivants, si célèbres dans le quartier, que dès qu'il les entamait accourait une horde d'enfants qui, toute activité cessante, s'agglutinaient sur la véranda ou grimpaient dans sa chambre faire cercle autour de son lit. C'est alors qu'il avait commencé à l'aimer, me confia Gabin, quand l'aïeul, racontant sa jeunesse dans les chantiers de l'Exposition Universelle de 1888, emporté par ses souvenirs, était transfiguré par eux. Un autre homme, dont il avait attrapé le goût du rêve et de la poésie. Sur ces mots le visage de Gabin s'était déplissé et son regard éclairci. «Il aura fallu qu'il tombe malade pour s'occuper de moi», jeta-t-il. Puis, avec rancœur, «quand il est mort quelques mois plus tard, il a tout légué aux frères». Tandis que j'écoutais Gabin des images de mon passé avaient ressurgi à ma mémoire : les allées zébrées d'ombre du parc Guëll, le jardin sauvage de Ponderosa, les ramblas aux odeurs de jasmin, creusées par la blancheur des chemises empesées. Barcelone, Ponderosa... Ne devrais-je pas téléphoner à mon père? Lui proposer de nous y retrouver pour quelques jours? Mon père... Je replongeai dans l'histoire de Gabin avec la même attention captive avec laquelle j'avais, des années durant, écouté ma grand-mère. Il me semblait que c'était moi qui me promenais dans la Barcelone de la fin du 19e siècle, les yeux d'une gamine éblouie et curieuse, traînée dans les cafés par l'arrière-grand-père de Gabin qui y débattait de la nécessité de nettoyer la plage des bidonvilles qui feraient mauvais effet aux yeux des touristes, et d'autres préoccupations du moment, il me semblait que c'était lui. J'avais connu les *barracas* que son grand-père avait vu naître, cette bouche lépreuse ouverte en demi-cercle sur le front de mer, depuis l'embouchure du Besos où les égouts se jetaient sur la plage, jusqu'au Montjuïc — une part d'ombre qui n'avait cessé de grandir avec celle de lumière. Elles avaient été dressées par les ouvriers arrivés de la campagne à l'époque des grands travaux, et s'étaient ensuite étendues avec la guerre civile puis avec la venue des Américains, m'avait raconté ma grand-mère. Gabin énumérait, décrivait, expliquait mieux que je ne l'aurais fait : les travaux de la place de la Catalogne qui en avaient fait le point de rencontre entre la vieille ville et la nouvelle, l'ouverture des commerces de luxe et des cafés modernes — le *Central Business District* évoqua-t-il d'un ton admiratif que je devinais emprunté à l'aïeul : *tu ne t'imagines pas, petit, mais ce fut terrible* — faisant terriblement rouler les « r » —, *un véritable chantier que celui de l'Exposition, que la neige, si rare en ce pays, avait transformé en une surface glacée que tous regardaient avec désolation, surtout les ouvriers venus de partout au pays pour travailler et condamnés à rester de longs jours désœuvrés. C'est pourquoi l'anarchie et le socialisme prirent racine, et on ne put plus commander personne!* Sur ces mots, une moquerie légère imprégna le visage de Gabin. Était-ce l'âge, la lassitude, d'autres choses encore?, le vieillard changeait de sujet pour parler du nouveau monde qui naissait : le monde de la modernité — *la modernidad,* murmura Gabin d'une voix suspendue, *une fée qui eût enveloppé le siècle dans sa robe de feu bleu.* Puis il conclut : on était entré dans le 20e siècle. Le débit du vieil homme ralentissait, ses paupières clignaient, chaque phrase s'alanguissant comme une voie vers le sommeil. Il n'était pas rare que les enfants qu'ils étaient se fussent endormis, éparpillés sur le lit ou à même le sol, à moitié étendus, ou somnolents assis, attrapés par le sommeil dans des positions de veille. Et dans le grand calme qui baignait la chambre — à ce moment-là, il me sembla que Gabin rêvait tout à fait — dans le ressac immuable de la mer, le grand-père piquait du nez, s'assoupissant dans un léger ronflement dont un sursaut brusque le tirait encore parfois pour lui enlever un dernier mot, celui de la phrase qu'il était à dire, qu'il n'avait pas terminée, et qu'il ne terminerait pas — tous dormaient.

Lorsque Gabin se tut, il était minuit. Du bar le garçon nous adressait des signes. Nous étions les derniers clients. Nous nous levâmes et partîmes, titubant dans une sorte de stupeur, en équilibre sur la frontière du passé et du présent, à mi-chemin de Barcelone, Paris, Montréal. Gabin me demanda où nous nous trouvions, s'excusa de sa prolixité. J'étais aussi égarée que lui, traversée d'images de la Catalogne, des odeurs de mer et de terre, nous regardant aller, en provenance de deux bouts du monde mais aux origines communes, au sortir d'un restaurant portugais de la Main où nous aurions pu nous croire dans quelque coin d'Europe du sud — au cœur, un étrange sentiment de condensation de l'espace et du temps. L'Amérique du Nord, terre d'immigration où les ailleurs se juxtaposent et instituent une trame seconde en filigrane de toutes choses, tissu de références auquel chacun s'attache en conjuration de l'absence, de l'appréhension du vide qui précipite les uns dans l'entre-soi communautaire, l'*ethnique* disent-ils, emmaillote les autres dans le *pure laine*... C'était pourtant d'un autre ailleurs que nous étions, celui de ceux qui, à défaut d'appartenance certaine, n'ont de cesse de voir leur toile se défaire et de la recomposer, et par ce mouvement tentent de demeurer vivants.

En silence, nous cheminâmes vers la maison. Était-ce ce que nous nous étions dit ? J'avais le sentiment que Gabin connaissait mon corps d'ancienne mémoire, qu'il se déplaçait en lui comme en ces plages lointaines auxquelles on n'accède qu'à l'issue d'heures de route au cœur de la forêt ; comme s'il en eût connu les moindres replis, les contours auxquels il me menait tel l'enfant conduit un ami dans une retraite par lui découverte. Je le suivis, égarée, dans un monde aux chemins inempruntés — monde d'eau et de lumière —, me laissai glisser, les yeux clos, enfoncée, dénuder, départir de moi-même, engloutie. Nous reposions au bord de vagues lentes s'étirant en des espaces diffus, allant en s'unifiant pour former une étendue qui composait une peau commune. L'irradiation se répandait, nos eaux mêlées, bouches, corps et sexes. La jouissance montait, ouverte, le plaisir retenu en des minutes entières en une danse qui nous assimilait. J'entrais en lui, il me recueillait. Dans la nuit défaite et recomposée nous étions en plongée, dans l'éclatement anarchique des sons originels. De temps à autre, dans une incise entre le corps et l'âme qui marque à jamais — nous reprenions souffle.

Bien plus tard, quand j'ai rouvert les yeux, ignorante du temps et de l'espace, j'ai senti contre moi le corps de Gabin, mince et délié comme une liane mais privé de repos, secoué de sursauts continuels. Et quand le jour s'est levé, que j'ai aperçu son corps dans la lumière pour la première fois et ses bras tuméfiés qu'il avait grattés jusqu'au sang, j'ai pleuré.

V

Désintox

Assis sur une pierre plate, face au lac, il contemplait l'eau. Elle était plane, couleur d'acier. Pourquoi s'était-il fichu dans ce m...!? Car c'était lui qui l'avait demandé, qui avait *fait la démarche*, comme disait le travailleur social, toujours le même... Désintox... Il les avait toutes essayées les cures, sauf les fermées — au moins pouvoir s'échapper. Au cas où. Ici ce n'était pas insupportable. Il aurait plutôt dit insipide — comme l'eau qui coulait, quelque chose qui passe sans autre effet que le mouvement d'écoulement, le temps en durée indéterminée qui traverse la tête et le corps, emporte. Infinie dérive. Ça ne changeait rien, la scansion du temps qu'on leur imposait : lever à 7 h, déjeuner de 7 h à 8 h, dîner à midi, réunions en après-midi — histoire de leur redonner le rythme d'une *vie active*, une *vie normale*. Mais sans travail, chômeur ou dépendant de l'aide sociale... Il pensait : à chacun son mythe, aux intervenants en tous genres qui les encadraient — psy, travailleurs sociaux, ergo, etc. —, celui de la vie réglée, la leur, à laquelle ils avaient l'air de croire et même, parfois, réussissaient à leur faire croire. Comme ce matin l'ergothérapeute. Ça avait duré... quelques minutes, quelques heures... Il avait imaginé que c'était possible, une vie, prendre un cours de cuisine puisqu'il aimait cuisiner, trouver un travail, et même faire un petit avec une femme qu'il aimerait... Marianne? Encore et toujours *é-pous-tou-flante*. Il aimait le mot, trouvait qu'il lui allait bien, surtout quand il le prononçait à la Dali, avec intonations et rythme. Elle riait. Il aimait son rire qui trouvait le moyen d'être sérieux, et ses joues et... À d'autres moments tout basculait. Elle se moquait, l'utilisait en gigolo. Comme avait fait Micheline, une boss d'Espe, sur la coke, dans la pub. Fortune de famille, immeuble *standing*, piscine et surveillance électronique — à deux rues de l'appartement où il habitait à l'époque. Un ancien trois pièces sur les chambres duquel le propriétaire avait fait poser des cadenas de façon à le louer en deux chambres meublées, cuisine et salle de bains communes. Que ça rapporte quelque chose, maugréait le concierge — ancien alcoolique devenu sobre, militant AA... À longueur de jour et de nuit, le bruit, les cris : des couples qui s'engueulaient, des enfants qui pleuraient, du concierge s'en prenant aux poubelles, de la voisine hébétée qui, à toute heure, arpentait les couloirs en robe de chambre dans l'attente d'une lettre — quelle lettre? Sans compter les boîtes aux lettres défoncées, les excréments dans les escaliers, son colocataire fantôme dont il entendait les bruits d'entrée et de sortie, la nuit, et trouvait les traces au matin : spaghetti cimentés au fond d'une assiette d'aluminium naviguant au bord de l'évier, boîte de lait ou de sardines à moitié consommée dans le frigo ouvert, éternellement en panne. De tout le temps qu'il était resté là, un an ou deux dans son souvenir, il n'avait pratiquement jamais vu ce voisin. Et à une rue de là, l'immeuble de Micheline. C'était aussi ça l'Amérique : paumés et nouveaux riches à cinq cents mètres de distance. Lui passait des uns aux autres, comme on passe une frontière. Ça lui faisait drôle, ce sentiment de glisser entre les mondes. Il s'efforçait de ne pas trop y penser et de ne rien trahir. Caméléon devenu, il glissait dans les soirées — *labile* lui avait un jour dit un psychiatre, signe d'*immaturité*... Langage psy avait pensé Gabin, un parmi d'autres qu'il ignorait mais dont il savait qu'il l'avait emprisonné. *Ils* parlaient pour lui. Son talent à se faufiler lui venait de loin, qu'il exerçait avec d'autant de facilité qu'il parlait et présentait bien — disait-on. Lui se regardait peu, et même, certains jours, évitait de se regarder — sa peau sombre, son corps comme corps étranger, un autre lui-même, dissocié, vu par d'autres... Il avait à ce point épousé une image, avec fluidité et esthétique, qu'il en avait oublié qui il était. La coke l'avait aidé, qui efface tout, nourrit le vide... Jusqu'à ce que la déchirure, cette division d'avec lui-même qui remontait à l'enfance quand il allait rendre visite à sa mère, ressurgisse. Comme les enfants du quartier le regardaient alors, sortant de partout et de nulle part, de derrière les baraquements, de dessous les lignes de linge décoloré et déchiré, petits animaux sauvages et curieux. Comme ils approchaient de lui endimanché, à reculons, deux pas en avant un pas en arrière, malingres et sales, les visages curieux des plus jeunes et le regard fermé, déjà dur, des aînés. Une peur intense le paralysait : qu'ils se jettent sur lui et le battent. Mais il n'en était rien. Ce pourquoi il s'était mis un jour à se dévêtir dans la rue, donnant son béret à l'un, sa ceinture à un autre, enlevant ses chaussures pour marcher nus pieds à leur manière, dans un état second — être comme eux — tandis qu'ils s'approchaient et le touchaient, sans méchanceté, avec curiosité. Cette petite fille maigre avec une énorme touffe de cheveux noirs qui semblaient n'avoir jamais été peignés, lui tendant une main, puis tous l'entourant pour former un groupe qui l'accompagnait

nonchalamment. Mais voilà que sa mère les avait vus —
était dans les cris à présent : *Il ne ferait donc jamais rien.*
Bon à rien, vaurien, sang sale. Ses camarades s'étaient enfuis,
volée d'oiseaux, quelques yeux de-ci de-là, ultimes
battements de corps chétifs. Deux jours plus tard, les poux
et les cris épouvantés de sa grand-mère — son *dou dou.* Elle
qui prenait tant soin de lui, depuis que sa fille s'était
perdue, marmonnant entre rêve et réalité : la mort, la vie,
les esprits... Et lui, l'impression d'être rien, ou en trop,
rapporté. Non seulement né d'un Américain, mais noir
comme il était... De repenser à cela lui faisait mal et honte :
que sa mère ait été si démunie, qu'il n'ait pas pu, pas su
l'aider, d'avoir à l'occasion subtilisé les quelques sous que sa
grand-mère lui confiait à son intention, de n'avoir pas eu de
père ou, pire, un père dont le pays soutenait les militaires
qui mettaient sa terre à feu et à sang. Il se rappelait l'un
d'eux qui rendait visite à sa mère. L'homme ne disait jamais
un mot. Ce n'était pas son visage qu'il avait en mémoire
mais la veste kaki, décorée de rubans, que l'homme posait
sur le dossier d'une chaise de cuisine, et l'argent sur la table.
Lui, entre ces mondes. Bien qu'il avait été éduqué par ses
grands-parents, il avait toujours pensé qu'il ressemblait à sa
mère et même, parfois, qu'il avait hérité d'elle ce qu'il tenait
pour sa vulgarité, cette façon de parler haut et fort, de crier
presque. Aussi lui semblait-il que s'emportant il trahissait
ses origines. Ces origines qui lui collaient à la peau comme
une ombre, qu'il avait l'impression de traîner jusque dans
sa façon d'être, ses mouvements les plus infimes. Il avait
pourtant tant fait pour oublier. Mais il lui semblait que
plus il s'y était efforcé, plus son passé s'était mis à
transpirer, comme les taches rebelles qui finissent par faire
jeter un vêtement que l'on aime. Allait-il se jeter lui-même ?
Se faire étranger à son histoire, la regarder avec d'autant
plus de mépris qu'il craindrait d'être absorbé par elle ? Les

fuir, et les fuyant, se perdre lui-même — définitivement?
Désormais toute la vie ne serait plus qu'une longue fuite.
N'était-ce pas la voie qu'il avait empruntée? Il n'osait
affronter cette question. Pas plus que d'autres questions. Il
savait, la dilution, à côtoyer des gens friqués dans des partys
de coke, à évoluer dans des soirées *flyées*, des salons *high
tech*. Comme chez Micheline dont on avait retrouvé l'ex
overdopé dans l'ascenseur du building — un scandale. La
presse avait titré : arrêt cardiaque. C'était peu après que lui
s'était installé chez elle. Il aurait dû se douter. Cette façon
qu'elle avait d'acheter, de décider, de s'attendre à ce que. Il
avait retrouvé la honte. Bien sûr, c'était lui qui s'était fichu
là-dedans... Mais comment partir?, pour aller où? Une
nuit, la colère l'avait pris, elle lui devait de l'argent, il avait
fui en emportant un collier. Cette nuit le hantait comme
un cauchemar. Dans sa course irréfléchie il s'était retrouvé
sur l'avenue du Parc. Pourquoi cet immense détour au lieu
de rentrer directement chez lui, il ne le comprit jamais. Il
avait aperçu les flics et la peur l'avait saisi. Une panique.
Tout avait commencé là. Il s'était mis à courir tandis que
la voiture, sirène hurlante, avait entamé sa chasse. Il avait
bifurqué vers Saint-Viateur pour s'enfoncer dans la ruelle
derrière Saint-Urbain, imaginant se cacher dans les jardins
arrières ou les manufactures qui longent la voie ferrée au
nord. Mais la voiture n'avait pas lâché. Il avait enjambé une
balustrade, s'était terré dans une cour, sous un balcon. Un
des flics était sorti : « Tu m'échapperas pas. Maudit chriss...
d'hostie ». Il ne bougeait pas, tapi dans l'ombre. Un second
était arrivé. « Prends-le par-derrière, avait lancé le premier,
il est là » — à lui de nouveau : « Mon maudit, t'es faite
comme un rat ». Une vraie chasse à l'homme. Des voisins
avaient allumé une lumière forte, genre projecteur. Il avait
été ébloui, le premier policier en avait profité pour se jeter
sur lui et le plaquer au sol. Il s'était débattu, débattu, en

vain. Le second policier avait rejoint le premier. À deux ils l'avaient maîtrisé sans effort, menotté. De se rappeler ces moments le glaçait. Il y avait eu l'ambulance parce qu'il s'était mis à trembler, à râler, les flics avaient eu peur, puis la détention provisoire. Son troisième séjour en dedans, la plainte que Micheline avait déposée puis retirée — trop tard. Il en avait pris pour trois autres mois, en probation. C'était après Martine, après la serveuse du restaurant... Une peine plus *clémente*, avait jugé l'avocat...

Marianne, c'était différent. Elle, il l'aimait, se dit-il en regardant les eaux qui viraient au noir — mais l'aimait-elle ? Le crépuscule s'étendait sur le lac. Avec elle, il pourrait peut-être faire une vie, avec des hauts et des bas, des sommeils et des enfants — une vie. Quelques minutes, en sortant de chez l'ergothérapeute au matin, il y avait cru. Ça lui avait fait du bien, c'était une chic fille, l'ergo, s'était-il dit. Marianne disait *un chic type, ça fait chic...* Il aimait bien, se dit que Marianne était chic aussi. Et puis tout s'était effondré au fil du jour. La déprime d'abord, puis la dépression, le gouffre. Il était au bord, se retenait pour ne pas sombrer. Plus rien n'avait d'importance, rien ne servirait à rien, tout était comme la mort — l'eau noire de la rivière. L'envie de mourir. Ça datait de si loin. Les quelques fois où il en avait parlé à des psy, il avait bien vu qu'ils ne comprenaient pas. Vous vous détruisez, répétaient-ils. Mais précisément, la mort contre la mort. Marianne avait dit : Il faut consulter un vrai psy... Elle avait parlé de Freud, et même de Freud et de la cocaïne ! Il avait presque ri, n'avait pas compris grand-chose, puis ri tout à fait, pour donner le change, n'avait pas osé dire qu'il ne connaissait rien à tout ça... Il se dit que c'est en Europe qu'il aurait dû émigrer. Son rêve de Barcelone depuis qu'il était petit, depuis que son grand-père lui avait raconté... Si bien que l'Espagne était presque devenue son pays, le pays d'une enfance qu'il avait rêvée, le connaissant comme s'il y eût vécu. Si bien que lorsque Marianne en parlait il avait l'impression d'être quelque part plutôt que dans le hors lieu où il se sentait habituellement — *les églises romanes de la Catalogne...*, murmurait-elle en rêvassant, le visage renversé, ses yeux gris s'évanouissant, *les Bodegas Güell construites en pierres crème, lumineuses comme du lait, la Méditerranée... J'ai nagé, petite, dans des criques, tout le long du jour,* avait-elle raconté à l'aube de leur première nuit. Se pouvait-il qu'il vînt du même pays qu'elle ? Il l'avait enveloppée. *Le barrio gótico, son ombre fraîche et ses maisons séculaires propres à susciter le recueillement même chez un incroyant. La résonance sur les pavés qui donne le sentiment d'emboîter le pas à ceux qui ont précédé, de nouer chacun à l'histoire et au temps...* Ensemble ils avaient déambulé dans le quartier portuaire où les enfants dévalent les rues vers la plage, l'été, pour aller vendre qui des chapeaux de paille, qui du melon ou de la pastèque, aux touristes en promenade, dont les cris se répercutent de loin en loin : *peras, melocotón...* Ensemble ils avaient arpenté les ramblas, humé leurs odeurs d'ambre et de jasmin. Dans les décombres de ses pensées à elle qu'elle croyait avoir perdues, il l'avait suivie. Il l'avait suivie jusqu'aux tréfonds d'elle-même au point de se fondre à elle, de devenir elle, pour se retrouver dans ce qu'elle savait de lui et qu'il ignorait. Il admirait Marianne, ne se sentait pas à la hauteur, se disait qu'un jour son ignorance transparaîtrait et qu'alors... tandis qu'ils atteignaient la terrasse du parc Güell *suspendue sur des piliers s'ouvrant sur des vasques,* avait-elle dit en entrouvrant les mains comme pour recueillir de l'eau. *L'architecture de Gaudí unit la pierre à la nature, sculpte le vivant. Elle est généreuse...* Il était elle, elle le berçait. *Je découvrais les encorbellements, les vitraux de l'art nouveau, les colonnes spiralées...* Marianne racontant, lui envoûté. *Et la* maison Bâtlo *du paseo de Gracia. On a la sensation que le balcon sort des mains d'un potier tant il est boursouflé,* s'était-elle exclamé dans un presque rire, *comme si l'intérieur allait sauter au dehors.* Marianne emportée, lui rendu à lui-même. Un après-midi récent, elle lui avait montré des photos : elle et sa grand-mère dans le jardin de Ponderosa, sous le figuier. *Le bonheur,* avait-elle murmuré.

Marianne. Il ne lui avait pas dit qu'il était en désintox, n'avait pas osé. Elle avait pourtant proposé de l'aider. Mais pour lui, depuis le début, c'était du pareil au même : la morale. Ici aussi, ça sentait les curés. Comme chez les frères auprès desquels il avait grandi. Les curés et les militaires, sa jeunesse entière : lever à la diane au son du clairon. Et chaque après-midi, à 17 h, la sonnerie aux morts en provenance du palais... Haïti militaire...

L'eau était de plus en plus sombre qui semblait engloutir la nuit dans ses profondeurs et l'approfondir. Encore la mort. Sa mère lui avait tant manqué — et son père... Ça faisait trop longtemps. La vie, ce que les gens appellent la vie, lui apparaissait comme quelque chose de lointain, un point au bout d'un tunnel, ce qu'on entrevoit par la lunette d'une caméra, un ailleurs, fictif. Comment Marianne pourrait-elle l'aimer ? Elle était trop... Pourtant son intelligence et sa générosité lui étaient chères, sa sensibilité et sa compassion aussi. Il lui fallait consulter, avait-elle répété : tu ne t'en sortiras pas seul. Elle avait sans doute raison, c'était son métier. L'aimait-elle ? Son regard gris comme l'eau profonde, son silence, elle avait quelque chose de tout à fait réservé, au sens propre, qu'elle tenait en réserve, comme si elle était entièrement ici et pourtant ailleurs, si bien qu'il ne savait jamais quoi dire, quoi penser d'elle — quelque chose d'insaisissable. Lui, habitué à réagir et à vivre sur le moment, à se laisser couler dans les choses, le temps, sans lendemain ni hier, comme sur une vague qui le portait et où il bondissait par à-coups pour retomber aussi vite, était décontenancé par elle, ce qu'il appelait sa ligne d'horizon — inaltérable, patience du temps. Les lendemains et les hiers l'angoissaient car il n'y voyait rien, ni avant, ni après, aucun projet, nul rendez-vous, que le vide dans lequel il glissait. Il surfait sur le temps comme d'autres sur le *web* — *on line*... Marianne était l'inverse : rythmée, planifiée, sans obsession pourtant : temps, argent, productivité, elle s'en moquait, enfin avait l'air de s'en moquer car quand il lui avait demandé de l'argent, elle avait refusé. Tu n'as qu'à bosser. Dure Marianne — mais elle avait raison. C'était là que tout dérapait : Par quoi, par où commencer? Lui qui partait de rien, de sa *dompe* de Lachine, de son voisin Richard et des Rangers de New York... Il avait tout à refaire tandis qu'elle disposait de tant de choses qu'elle ne semblait pas mesurer, qui lui paraissaient si lointaines : une maison, un boulot, des amis. Elle ne voyait pas le vide où il était plongé, n'était, à sa demande, jamais venue dans Lachine. Elle devait se douter pourtant. Pour la coke, elle avait deviné, à ses sursauts, dès la première nuit. Et même, lui avait-elle dit, dès le premier soir. Elle lui avait demandé où il en était, il l'avait rassurée : inscrit pour la désintox. Elle avait répondu : qu'une cure ne suffirait pas, qu'il lui faudrait davantage, que s'il ne se faisait pas aider, elle ne le verrait plus. Dure Marianne. Inutile de lui faire des dessins. Elle disait : une misère parmi d'autres. Elle croyait qu'on peut se sortir de tout, enfin, elle avait l'air de croire ça.

Il commençait à avoir froid au bord de l'eau, remua ses jambes engourdies. Il s'en voulut de ne pas l'avoir prévenue, se dit qu'elle allait s'inquiéter... Il la connaissait, Marianne, anxieuse sous un air calme... Même pas le droit

de téléphoner d'ici, simplement de recevoir des appels.
Autre situation impossible — tout lui... Le soleil venait de
disparaître de l'autre côté du lac, il faisait nuit et froid à
présent, son blouson de cuir ne le protégeait pas plus que
d'habitude. Il se leva, emprunta le sentier qui longeait l'eau,
se dit qu'il devrait réfléchir, écrire peut-être en rentrant
dans sa *cellule*. Il faisait exprès d'appeler ainsi sa chambre,
pour emmerder les intervenants. Ça ne leur plaisait pas.
Pourtant, dans cet ancien monastère... La bâtisse était belle,
massive, dans l'avant nuit, toute de pierres, éclairée par
quelques réverbères. Les curés avaient été dans ce pays aussi
riches que dans le sien — curés et politiciens... La veille, le
premier jour, on leur avait donné le temps de s'installer.
Puis on leur avait énoncé les règlements, tous assis en rang
sur de longs bancs — un air de messe : interdiction de
consommer quoi que ce soit sous peine de renvoi, les heures
de repas, de lever et de coucher, interdiction de quitter
l'enceinte du domaine, les heures de visite, les ressources,
même la chapelle... Il avait entendu dire que l'ultime étape
du cheminement (ils disaient aussi *croissance* et même
grandissement) qui s'échelonnait sur des mois, voire des
années, consistait à s'en remettre à Dieu... Raisons sociales
et bonne conscience devant lesquelles ils faisaient figure
d'*inutiles*, d'*inadaptés sociaux*... Croire : signe de maturité
ou question d'époque, de classe, de tant d'autres choses...?
Il posait des questions qui dérangeaient. Après le laïus, on
leur avait donné journée libre. Quelle thérapie! Il n'avait
rien à dire, *on savait ce qu'on faisait*, de répliquer une
infirmière. Elle avait peur de lui, il l'avait senti, elle s'était
durcie. *Figu'du'*! pour *figure dure*, l'avait-il surnommée, la
moquerie le volant à l'amertume. Heureusement qu'on leur
permettait quelques activités : jeux de cartes, de société,
ping-pong et même flippers. Il avait joué, n'avait pas vraiment frayé. Évidemment, il était le seul Noir. Égalité façon

néo-libérale se plaisait-il à commenter : la même pauvreté, toutes couleurs confondues... De penser des choses comme ça — qu'il gardait généralement pour lui — lui faisait du bien. Comme l'air frais qui passe. Pour le moment il ne s'était donc lié avec personne, n'en avait pas envie, sauf avec le *toubib* — autre mot de Marianne. Il aimait parler avec ses mots, il lui semblait que ça le rapprochait d'elle. Le dit toubib, en cure comme lui, avait donc été radié de l'ordre parce qu'il se shootait à l'héroïne et approvisionnait deux de ses patients. On avait tenu compte du fait que ces derniers étaient des *junkies*, qu'il *n'avait en rien favorisé leur dépendance*, rapportaient les rumeurs. Le médecin en question avait passé la première réunion en silence, derrière des lunettes noires qu'il ne quittait pas, un visage de cire.

Presque trois mois qu'il connaissait Marianne. Depuis leur rencontre, il était retourné chez elle à quelques reprises, ensemble ils avaient cuisiné, ils étaient allés au cinéma. C'était un plaisir Marianne, un tempérament heureux — mais têtue! Auprès d'elle il retrouvait la paix, un équilibre qu'il avait perdu depuis si longtemps, une maison avec un rythme, de sommeil, de travail, de repas, non un rythme imposé dans la violence, ni le rythme défait, décomposé de sa vie à lui. Simplement le rythme d'une personne, d'une vie.

Mais il avait peur. En fait, plus il s'était rapproché d'elle, plus il avait eu peur car il avait su, dès le début, que s'il rechutait, c'était fichu. Elle le lui avait dit. Il ne pouvait pourtant s'empêcher de penser que si elle l'avait aimé, elle aurait accepté — c'était donc qu'elle ne l'aimait pas... À d'autres moments ses doutes s'évanouissaient : quand elle s'abandonnait et que son soupir le chavirait — il savait. C'est pourquoi il aurait voulu l'aimer tout le temps, la garder indéfiniment auprès de lui, qu'elle soit toute à lui, livrée, abandonnée. Il n'aimait rien tant que son *hum* ! lancé comme un appel en haute mer quand il entrait en elle, le basculement de son corps et sa mouillure, son grave regard gris s'évanouissant. Alors il n'était plus seul au monde. Mais dès qu'elle s'éloignait, tout se défaisait à nouveau, il ne croyait plus : elle ne pouvait l'aimer, un type comme lui qui n'avait rien, connaissait si peu de choses, ne savait que faire illusion, qui vivait aux dépens de la société — ça lui martelait la tête ces paroles. À force de les avoir entendues, il avait fini par y croire. Si donc elle l'aimait, c'est qu'elle ignorait qui il était, échoué, comme les déchets sur le sable après la tempête — enfant de la tempête...

Il avait atteint l'extrémité du parc, était pétrifié par le froid. Les berges opposées s'étaient à ce point obscurcies qu'il ne les distinguait plus. Seul un chat avançait sur les eaux, les yeux clignotants : le traversier glissant sur un courant puissant qui semblait avoir grossi avec la nuit. Il lui suffirait d'entrer dans l'eau glacée et d'avancer doucement. Peut-être ne sentirait-il pas le froid, comme quand il était *gelé*, imagina-t-il. Marcher et se laisser glisser. Il serait disparu. Disparu comme il était apparu. Sans traces d'avant ni d'après. C'est ainsi qu'il se sentait : sans traces. Doué d'un corps et d'une âme, mais que nul n'avait reconnus. Existait-il vraiment ? Depuis tout petit la question le hantait — sa mère dont il était l'aîné, elle l'avait eu à quinze ans, puis deux autres enfants après lui qu'il n'avait presque pas connus pour n'avoir pas été élevé avec eux. L'image d'une ligne de *ravèt** courant sur le mur — qu'il voyait de son berceau ? — lui revint comme un signe, une obsession, et avec elle des bruits, des râles, la veste militaire. Son logement de Lachine, un luxe comparé à là-bas — mais

---

* Cafards.

ici... Ici c'était autre chose. Il déclamait de façon scandée, sur les rythmes de djembé : *Amérique sourde au son nègre enfoui...* Vers entamés qu'il avait laissés en suspens, à son habitude. Il était d'une terre *libérée* par les militaires — comment était-ce possible?!

Sur ces pensées, ayant atteint l'entrée de la haute bâtisse, il s'y engouffra.

*   *   *

Le lendemain matin, il rencontra les derniers arrivés : deux femmes dans la quarantaine ayant des problèmes de surconsommation de médicaments, Thérèse, alcoolique depuis l'adolescence, un couple dont il ne sut jamais s'il s'agissait du frère et de la sœur, du mari et de la femme, ou de la mère et du fils, qui semblait sorti de nulle part, elle, les joues creuses pour n'avoir plus de dents, promenant l'homme dans un fauteuil roulant, tous deux collés l'un à l'autre comme s'ils l'étaient depuis l'origine et voués à le rester pour l'éternité : *La mort qui marche*, les surnomma-t-il. Thérèse rit. Se présenta aussi un restaurateur italien, dont on rapportait qu'il avait pour femme une harpie, et un gars sur la coke avec qui il aurait bien jasé, mais impossible de comprendre ce qu'il disait. Il sortit de la réunion déprimé. Non seulement était-il le seul Noir mais le seul, avec le toubib, à avoir quelque peu étudié. Au déjeuner, il décida de se mettre à table en compagnie de ce dernier. Mais le médecin ne desserra pas les dents et Thérèse, qui les avait rejoints, se mit à pleurer. Ses parents l'avaient mise à la porte pour la énième fois, son mari et sa petite fille aussi... Comme s'il avait besoin des malheurs du monde! Sans compter qu'on l'avait chargé du déjeuner du dimanche. Pour le *responsabiliser*! Jamais la vie simple, cuisiner par plaisir — le plaisir...! Imaginez : des *addicts* aux personnalités *hédonistes* ! Il valait mieux se taire, *tenir ça mort* ! Il avait envie d'être tranquille et, selon sa nouvelle habitude, il reprit le chemin du parc.

La journée était splendide. Une journée d'automne claire, dorée, fraîche. Tandis qu'il s'enfonçait sous le boisé, une drôle de sensation l'habitait. Il ne savait quoi. Quelque chose s'était mis à le travailler. C'était comme un énervement, de l'anxiété ou une sorte d'excitation. D'habitude ça lui servait de signal qui pouvait aussi bien virer à l'angoisse qu'au plaisir. Ici, isolé comme il l'était, que ferait-il si l'angoisse le prenait ? Il se mit à avoir chaud, à transpirer, sentit qu'il risquait de perdre pied, il se leva, se retourna. C'est à ce moment-là qu'il la vit. Là-bas, au bout du parc. Marianne. Ce n'était pas Marianne. Ce n'était pas possible. Mais cette silhouette, cette tache claire, un foulard au vent, était bien la sienne. Il ne pouvait se tromper. La première fois qu'il l'avait vue, chez Espe, il en avait été saisi : Cette façon qu'elle avait de bouger, quelque chose d'enraciné et d'aérien à la fois — une matérialité, le port d'une danseuse, on aurait dit qu'elle glissait. Ou était-ce la robe de ce soir-là ?, cintrée et noire, couleur de toutes les sensualités... Était-ce ce qui l'avait séduit en Marianne ? Ou la lourdeur des cheveux ? Ou le gris des yeux, la rondeur des fesses ? Marianne. Elle approchait. Visiblement elle l'avait reconnu de loin, n'avait pas fait un mouvement en direction de la bâtisse mais directement vers lui. Marianne. C'était bien elle — quelques dizaines de mètres encore. Elle était grave et tout sourire pourtant, il devina le reproche contenu, attendit qu'elle fût proche pour la prendre contre lui. Ils restèrent longtemps l'un dans l'autre, puis, sans dire mot, se dirigèrent vers l'eau, là même où il se trouvait la veille au soir. Il faisait presque chaud à cette heure. Il se défit de son blouson qu'il jeta sur son épaule, elle de son pull. Ils s'éloignèrent le long des berges au point de ne plus apercevoir la bâtisse derrière les arbres, bouquet d'érables et de sorbiers dont les frondaisons rouges s'éparpillaient au vent. Dans une crique sablonneuse en dénivellation par rapport au parc, à quelques mètres de l'eau, ils étendirent leurs vêtements et s'allongèrent. Il l'embrassa, l'embrassa longuement, eut envie d'elle, qu'elle le recueille. Il le lui dit, et que c'était *interdit*, elle répondit qu'elle n'était pas venue *pour ça,* que *ça* n'avait pas d'importance... Mais il avait besoin d'elle, de la sentir. Il découvrit ses seins, glissa une main sous sa jupe longue, écarta l'étoffe et, doucement, imperceptiblement, entra en elle. Elle était chaude. Ils restèrent ainsi un long moment. «Je t'aime», dit-il. Ils restèrent encore enlacés, puis se délivrèrent et remontèrent en direction de la bâtisse, croisèrent l'Italien en compagnie d'une femme et d'une jeune fille. Il emmena Marianne dans sa cellule, s'enquit de son état : «tu n'as pas froid?, tu veux un café?, un chocolat?» «Comment es-tu venue, comment as-tu su?», finit-il par demander. «Esperanza. Ça fait plaisir de savoir que tu l'avais prévenue, et pas moi!» Il prit un air contrit : «Je n'ai pas osé», murmura-t-il en l'attirant à lui. «J'avais peur que tu me juges.» «T'ai-je déjà jugé?» Il reconnut que non.

VI

Irish pub

La première tempête avait enseveli la ville sous une neige lumineuse et légère, à la joie des enfants, la clarté inondait les rues, Noël approchait. Au sortir de la cure Gabin avait trouvé une place de second dans un petit restaurant du Mile end, non déclarée et un chef qui le mettait dans tous ses états. Après des années de vie défaite, la jungle ordinaire, violente et concentrationnaire : chacun pour soi et Dieu pour tous, à quoi s'ajoute, en pays de Québec, la fragile identité si bien exprimée lors de l'échec du dernier référendum par nul autre que le premier ministre — *la faute aux ethnies*... Ou bien ghettoïse-t-on à la mode fédérale, façon multiculturelle : à chaque ethnie son quartier, son folklore. Mais quand l'ethnique fait défaut ? J'avais en mémoire les origines de Gabin, sa mère dont il continuait de me parler de longues heures durant, la chambre où il lui rendait visite auprès du port, lui, son enfant, et elle l'écartant et le reprenant dans des mouvements d'acceptation et de rejet à l'alternance imprévisible qui le rivaient à une attente sans fin, perpétuellement déçue, le tenaient en laisse comme le font les mauvaises amours que l'amour a quitté, dont il ne reste que l'usure, le souvenir, le rêve de ce qui n'a pas eu lieu et que l'on imagine, après coup, pour croire en quelque chose; son grand-père dont la dureté avait fait de lui un enfant effrayé; sa grand-mère dont l'affection avait adouci sa vie mais de façon aussi arbitraire que l'avaient abîmée l'indifférence de sa mère et la violence de son grand-père. Je le sentais livré à la vie comme aux loups, n'ayant pour protection que la fuite et pour mesure que l'oubli, me disant que c'était dans un tout autre pays qu'il aurait dû vivre, une culture du sensible. Ici, je le savais dans la destruction. Je ne suis pas si méchant, disait-il avec son sourire emprunté, je ne détruis que moi-même... Il m'évoquait ces plantes qui se nourrissent d'air et se développent au vent, toutes racines dehors. Je le regardais au matin, étendu dans le lit, dans la beauté d'un corps fin et puissant dont je ne pouvais m'empêcher de penser que des siècles de sélection naturelle par la maladie et l'esclavage s'étaient liés pour le former, un corps racé, songeant aux plantes des tropiques, lisses, brillantes et sombres, imaginant qu'il avait grandi comme elles, mu par la puissance de la nature et la force de la forêt, mais sans tuteur et sous un soleil délétère.

* * *

Un midi, peu après son départ, le directeur du département où j'enseigne ponctuellement m'invita à passer à son bureau. Un projet que j'avais soumis quelques mois plus tôt. Je me rendis au rendez-vous avec une légèreté que les premiers mots de l'homme éteignirent dans l'instant : «Créer...», entama-t-il avec de larges gestes des bras «peu adapté»... Un administrateur, comment avais-je pu... «orientation gestionnaire»... Je me sentis soudain très lasse, puis, confuse et prise par une sorte de logorrhée, je m'entendis soutenir que s'exprimer est essentiel, surtout pour les jeunes, le moyen d'exister avec les autres, d'exister simplement. L'homme essaya en vain de me couper qui finit par jeter... « garder à l'esprit que tout projet doit traiter de la vie réelle, les choses pratiques, même à l'université. Les jeunes doivent réfléchir aux questions d'aujourd'hui : le chômage, la toxicomanie... Tu sais bien.

— Au fond c'est vous qui déterminez ce qui les intéresse, conclus-je en me levant.

— C'est ce à quoi doivent servir les professeurs.

— Non. Pas à parler à la place des autres mais leur apprendre à parler pour eux. C'est bien plus difficile. Au revoir, Monsieur le directeur ». Je le laissai là, au plaisir des mots tranchant dans ce que je tenais pour de l'inculture, voire de la bêtise. L'art assimilé à un passe-temps coupé du monde, contre lequel il en appelait à la *vie réelle* ! Je traversai le campus désert, marchai dans les rues sans savoir ni voir. L'université, Gabin, ma vie. Les choses s'embrouillaient. Que faisais-je dans ce pays ? Ma mère et ma grand-mère étaient mortes quand j'étais si jeune. Je n'avais pas vu mon père depuis des années. Ruptures, séparations, solitude. J'aperçus le clignotement des feux de signalisation, entendis une salve de klaxons, puis ce fut le noir. Quand je rouvris les yeux, j'étais à l'urgence : « Ne vous inquiétez pas, tout va bien », disait une infirmière. Alentour, des patients, des résidents, d'autres infirmières. « Alcool social ?

— ...?

— Vous buvez ? avec les gens ? Jamais, une fois par semaine, par mois ?... »

Elle entreprit ensuite de me manipuler : « Vous me dites quand vous avez mal... Je ne pense pas que vous *avez* quelque chose de cassé, sauf peut-être là », conclut-elle en désignant la jambe. « Maintenant essayez de vous lever, ajouta-t-elle en me tendant des béquilles. *So*. Doucement, vous marchez», indiqua-t-elle. Elle m'accompagna en salle de radio. Contrairement à ce que j'appréhendais, tout fut bientôt terminé : des ligaments distendus, quelques hématomes. Je décommandai mon cours du soir, rentrai en taxi.

«Ah! bien là tu t'es pas manquée!», dit Gabin, un sourire à mi-chemin de l'humour et de la gêne. Portée par lui à la chambre, je me couchai et m'endormis. Lorsque je m'éveillai en soirée, je passai plusieurs secondes à rechercher, en vain, la ligne de lumière que découpait le tissu que ma grand-mère tendait sur le haut de ma porte de chambre, lorsque j'étais enfant, pour me protéger de la lumière qui filtrait de la cuisine : *Mémé*, appelais-je, *Ma petite*, répondait-elle. De longues minutes durant afflua le souvenir des jours que nous avions partagés, de l'intimité que nous avions connue. Ma grand-mère adorait Piaf, et Joséphine Baker qui avait adopté d'innombrables enfants et... Pour me faire rire, à l'époque où je m'étais réfugiée dans le mutisme, elle prononçait *Atmosphère, atmosphère* — l'accent d'Arletty, ou chantonnait *Moi, j'ai de belles gambettes*, esquissant un pas de danse en soulevant légèrement sa jupe qu'elle portait longue, avec d'épais bas de coton, en toutes saisons, pour dissimuler une plaie variqueuse que lui avait laissée une infection dans sa jeunesse, peu après son arrivée d'Espagne. «Je ne parlais pas la langue, et je ne connaissais personne au pays. J'étais l'étrangère...» L'étrangère. Celle que j'étais devenue? À côté des choses, dans leur écho ou leur décalage. Elle me racontait sa vie de jeune fille à Barcelone, avant ses fiançailles, les premières séances de cinéma muet et le début des cafés chantants où elle dansait la zarzuela, répétant les arias à succès qui couraient la ville grâce aux pianos mécaniques et aux orgues de Barbarie. C'est dans un de ces cafés qu'elle avait connu mon grand-père. *Era un buen mozo!*, et il fallait le voir danser! Ah! les orgues de barbarie, soupirait-elle. Se mêlaient alors des gens de tous les milieux, jusqu'aux années vingt, quand ouvrirent les cafés chics où la revue américaine remplaça les *cuplès*. Son ton s'attristait, elle changeait de sujet. Ils n'étaient pas riches, racontait-elle, mais luttaient. Je sommeillais dans ces souvenirs, à la faveur de l'obscurité et dans les bruits familiers : de casseroles qui s'entrechoquent, de placards que l'on ouvre, d'eau, quand un fredonnement me parvint dont les paroles affleurèrent progressivement à mes lèvres : *el patio de mi casa es particular... cuando llueve se moja (...) agáchate (...)* — la berceuse même qu'elle me chantait, que Gabin chantonnait... Comment était-ce possible? Quand il m'eut rejointe, nous entamâmes une danse lente sur le fond de la nuit, nous fondant à son chant, de sexes et de couleurs différents mais chairs et âmes confondues. Ses mains devinrent ma peau, son regard mon visage, sa douceur mon désir. Plus tard, il me fit des impositions de mains comme il l'avait appris de la vieille Vierjina pour me soulager de la douleur lancinante que j'éprouvais depuis le matin. Je le traitai de sorcier, il rit de son tendre rire. Dans la nuit j'eus un moment de grande peur, réveillée par le cauchemar, le même, répétitif, que j'avais fait durant des mois après le décès de ma mère — non seulement que ma mère était morte, mais aussi mon père, et ma grand-mère et tous ceux que j'aimais, que c'était la guerre et que j'étais seule survivante dans un désert de pierres. *Mémé*, appelais-je. *Ma petite*, disait-elle en accourant, m'assurant que les morts ont une autre vie d'où ils veillent sur nous, qu'elle-même dialoguait avec son père, sa mère, et son frère mort à la guerre de Cuba, que la vie est ainsi faite qui de séparations en retrouvailles conjugue les êtres pour ne jamais les laisser tout à fait seuls. J'étais en sueur, envahie par le chagrin. Gabin me garda contre lui jusqu'au matin. Il était elle, il était moi, j'étais lui.

C'est dans les semaines qui suivirent qu'il devint de plus en plus tendu. La veille de Noël, son angoisse était telle que je le sentais prêt à éclater à tout instant. Nous ne fêtâmes pas Noël. Au nouvel an Sylvie nous invita. J'errai entre les voix : ... *quand vous parlez nationalisme vous évoquez la possession des institutions politiques mais Marx...* Une femme risqua : ... *six mois de thérapie pour accepter que mon mari paie ma thérapeute...* D'autres s'excitaient *en contact journalier avec les chercheurs hongrois sur internet*, se désespéraient, *mes géraniums n'ont rien donné l'été dernier*, commentaient, *c'est un con mais il est sur mon jury... Je fais un film, ce n'est pas une thèse...* Les vacances prirent fin. Gabin allait et venait durant les nuits, se couchait durant de longues périodes pendant le jour. Il n'était plus seulement déprimé mais agité. Je ne le reconnaissais pas. Ses emportements me laissaient dépourvue, son silence, sans prise sur les choses. À plusieurs reprises j'eus l'impression que l'intimité que nous avions partagée était le fruit de mon imagination. Des sentiments d'étrangeté et de froideur m'envahissaient. Lorsqu'il était bien, j'avais au contraire l'impression que nous ne nous étions jamais éloignés. En vain, durant cette période, essaya-t-il d'obtenir une consultation en psychiatrie. Les services surchargés le renvoyèrent en février. Un délai, je commençais à le réaliser, qui était l'histoire de sa vie — histoire d'ajournements, de déplacements, de rendez-vous manqués pour presque rien. Malgré lui ou avec lui, les choses dérapaient — sa vie en éternel recommencement, comme un mauvais jeu du destin. C'était un sentiment de plus en plus pénible que j'éprouvais, déchirée entre l'attachement que j'éprouvais pour lui, et le travail de sape que je sentais œuvrer entre nous, devant lequel je me sentais impuissante. J'étais épuisée lorsqu'un soir, à la toute fin des vacances, il disparut.

Le mardi suivant, je reprenais les consultations. Alice allait mieux, j'en fus soulagée — de longs mois l'impression de stagner, voire de s'enliser, et puis un matin, comme un jour qui se lève, quelque chose qui se déplace, produit des effets inattendus. Je songeais à la théorie du hasard — quoique l'événement qui occupait Alice n'avait rien d'imprévisible : son bébé devenait propre. Et Alice, si certaine d'être une mauvaise mère, dans la déperdition des choses, leur défaite continuelle, n'en revenait pas de cet ajustement de la vie. Elle découvrait que son bébé avait une vie qui lui appartenait, évoluait aussi à sa façon, selon un rythme qui était sien — ce qui semblait la libérer tant de la crainte d'être avalée par lui que de celle de ne pas savoir l'aimer. Le soir, de retour de mon cours, j'appelai le restaurant où Gabin travaillait : on l'avait congédié, compressions d'après les fêtes...

J'étais désemparée. Je revoyais nos derniers moments, l'imaginais errant dans la ville, quand une idée folle me traversa. C'était impossible. Mais l'idée insistait. Perturbée, contre ma volonté, j'allai dans ma chambre et ouvris le tiroir de la commode dans laquelle je gardais la bague de fiançailles de ma mère, seul objet que je possédais d'elle, qu'elle m'avait léguée peu avant son décès. La commode était vide. Il me sembla que mon cœur s'arrêtait, que le temps s'arrêtait, que ma vie s'arrêtait. Il était tard, aucun bruit ne résonnait dans la maison. Hallucinée, je renversai un à un les tiroirs du meuble — en vain. Je finis par m'asseoir au bord du lit, pétrifiée mais l'esprit pris de folie. Comment me revint le souvenir du dépanneur chez qui Gabin s'arrêtait dans le quartier, qui lui faisait crédit...? Je l'ignore. Il était vingt et une heures, avec un peu de chance... Quelques minutes plus tard j'étais dans le magasin. Un groupe de jeunes étaient attelés à une machine à sous, attendant les frites que l'homme préparait dans une friteuse de fortune installée sur le comptoir. Le moindre geste maladroit et... J'attendis qu'ils fussent partis pour m'adresser à l'homme qui commença par nier : «Gabin? Je ne connais pas». Mais ses tremblements le trahissaient, il céda quand je menaçai de porter plainte pour recel. «J'ai bien quelque chose...», dit-il en sortant un kleenex sale de dessous le comptoir : le camée qui me venait de ma grand-mère, que, dans mon affolement, j'avais oublié. Je sortis et m'engouffrai dans un taxi. Qu'était devenue la bague? D'imaginer l'avoir perdue me glaçait. Je crois que c'est à compter de ce moment que j'ai cessé d'aimer Gabin — de l'aimer comme une femme peut aimer un homme.

D'autres jours étaient passés quand un soir on martela la porte avec violence. En consultation, je ne répondis pas. Plus tard, tandis que je dînais, je réalisai que j'avais peur — peur de je ne savais quoi. Une sorte d'appréhension flottante, de crainte mal définie m'habitait. La soirée s'écoula pourtant sans qu'il se passât rien. Vers onze heures je me couchai. J'étais en plein sommeil lorsque de nouveaux coups retentirent, dont la violence, que je devinai à la mesure de la détresse, m'angoissa profondément. Il devait être deux ou trois heures du matin. J'allai ouvrir dans la nuit glacée. Personne. Je m'apprêtais à rentrer quand j'aperçus Gabin debout sur la rampe qui jouxte la porte d'entrée, arc-bouté dans le vide, la respiration oppressée, les yeux exorbités. Son visage était difforme, son expression hagarde : «Ça m'étonne que tu ouvres, lança-t-il en regardant autour de lui comme s'il cherchait quelqu'un et se tenait prêt à se battre.

— Tu as la clef, remarquai-je.

— Perdue la clef, envolée ta chriss de clef!»

Il ressemblait à un fauve. «J'ai récupéré le camée chez Ali, dis-je... Il me venait de ma grand-mère. Et la bague?»

Les mots sortaient de moi sans que je pense rien, ressente rien. Puis j'eus envie de lui faire mal. Je ne sais pas s'il perçut ce que j'éprouvais comme il lui arrivait souvent, mais il se mit à se frapper la tête et les mains sur le mur de briques, puis, exténué, le front en sang, il se laissa tomber devant la porte où il se mit à sangloter : «Ce n'est pas de ma faute, reprit-il. C'est la dope... la dope». Disant cela il avait rampé jusque dans l'entrée. Il se tenait à présent étendu sur les marches, hirsute, ayant maigri de plusieurs kilos, méfiant. Je me sentais sans recours ni secours, partagée entre la souffrance où je le voyais se débattre, ma propre souffrance, la désillusion et la colère. «Ma mère est morte, articulai-je, ma grand-mère aussi. J'aimerais que tu me laisses». Mais il se mit à tourner en rond dans l'entrée, tourner, tourner, comme un fauve, tandis que j'attendais près de la porte, fébrile. Cela dura jusqu'à l'aube. Il partit à l'heure des premiers autobus. Je regagnai ma chambre, restai assise au bord du lit jusqu'à ce que le sommeil se referme sur moi.

* * *

Durant les jours qui suivirent, je ne recherchai que l'oubli, marchai dans les rues, lus des magazines, déjeunai avec des amis. Le vendredi soir je retrouvai Graïnne au pub. Cocon coupé du monde où se replient les habitués et les gens de passage autour des musiciens, chacun s'épanchant, au fil des heures, devant une pinte de Guinness ou de Tartan, fumant et scandant les rythmes de vieilles ballades irlandaises, *St. Anne's Reel* des Dubliners, *My Bonnie Moor Hen*... Depuis combien d'années venions-nous au pub? Oublieuses du Montréal hivernal et froid, de ce vaste pays où nous avions fini par nous poser suite à de curieux tours du destin ; oublieuses des services d'immigration dont nous avions fait l'épreuve, au prix de tant d'inquiétude que du jour où nous avions obtenu notre statut d'immigrante nous ne l'avions même pas fêté comme nous en avions pourtant rêvé depuis notre arrivée; oublieuses du monde qui se durcissait et du silence qui régnait en cette terre dite de liberté. Nous parlâmes littérature, de l'Europe et de l'Amérique, écoutâmes la musique. Les heures passant, l'atmosphère se faisait intime, la bière épandant sa chaleur douce-amère au fond des corps se rapprochant, les regards s'avivant. L'endroit était si exigu, à se demander comment tant de monde y tenait. Chaque apparition des musiciens suscitait davantage d'enthousiasme, la chaleur augmentait, on commandait une autre pinte, c'était l'occasion de nouveaux rires, les pas de certains que démangeait l'envie de danser, se faisaient sautillants. Vers onze heures une habituée se mit à rythmer les ballades au *bodhran*. Un son profond, scandé, évoquant d'archaïques résonances ayant pour écho les éléments, la forêt, les bêtes, l'eau — mémoire animale et végétale, de peau ou de pierre, que la musique, en deçà des mots, avive, éveillant une dimension originelle, y liant. Je m'y laissai glisser, jusqu'à la lointaine forêt de Brocéliande en compagnie de Merlin l'Enchanteur et de la fée..., quand résonna une chanson espagnole, façon Dubliners, dont l'assemblée entama la mélodie en se berçant, épaule contre épaule — vague lente et nostalgique. Vers minuit les ladys cédèrent leurs bancs aux jeunes de McGill, visages roses et cheveux blonds, dont les filles, en cette nouvelle année, avaient troqué leurs jeans pour des pantalons pattes d'éléphant. Je me sentais à la fois si proche de ces jeunes et pourtant ailleurs, dans une curieuse contraction du temps... Comment vingt années s'étaient-elles écoulées? C'était hier que j'arborais des pantalons comme ceux-là au grand dam de la directrice de la pension, hier que je me révoltais, contre mon père, contre la vie, que

je me rendais place Blanche... C'était hier, il y avait vingt
ans, avant le Canada.

Vers deux heures trente du matin, le groupe reprenant
pour la énième fois *The Downfall of Paris* suivi de *Red is the
Rose* de Nancy Griffith et des Chieftains, emporta l'assemblée dans une farandole effrénée — si bien qu'on ne dansait
plus mais courait tout simplement, main dans la main, se
frayant un chemin à travers tables, bancs et chaises, tous
riant, certains ne parvenant plus à suivre le mouvement,
d'autres l'entraînant plus vivement, les derniers se laissant
tomber au hasard des chaises pour se rallier aux
applaudissements de ceux qui n'avaient pas osé rejoindre la
tumultueuse débandade. À quatre heures passées, quand
nous sortîmes après les multiples appels du barman, une
température inhabituellement douce régnait sur la ville —
un voile tiède et humide. *Very Irish*!, de commenter
Graïnne, ou *very Parish*, ajouta-t-elle en riant. Un jeune
homme aux traits fins, enroulé dans une cape noire, qui
paraissait sortir d'un roman de Dickens, souffla en nous
dépassant *See you next week...*, avalé par la nuit. Nous nous
mîmes en marche le long de Sainte-Catherine déserte où
s'épanchaient les bancs de neige en rigoles généreuses.
Déambulant ainsi dans la nuit, c'était ma vie d'étudiante à
Paris que je retrouvais : promenades à l'aube sur les quais
de Seine ou dans le Quartier latin après une nuit passée au
Caveau ou dans quelque autre boîte entre Mouffetard,
Saint-Germain et Montparnasse. Le raclement des tables
que les garçons poussent sur les trottoirs. On s'arrête au
hasard d'un zinc, on commande un express serré et un
croissant, on fume la première Gauloise, Peter ou Gitane,
celle qui grise légèrement. J'avais 19, 20, 21 ans. Premières
années d'université après la pension, nuits insomniaques à
marcher dans la ville, fumer, parler. Vie de rue : femmes
échouées, cris d'éboueurs dans des entrechoquements

métalliques, ronronnements de moteurs qu'on laisse tourner le temps d'une livraison, l'odeur du pain chaud dans le sillon du garçon de course livrant le dépôt quotidien de baguettes, brioches, croissants — délice du croissant qui fond dans la bouche avec le café bouillant, goût de noisette et de crème, qu'on prenait, place Blanche ou derrière Beaubourg — marché Rambuteau. Entre-temps le jour s'est posé, on monte les étals, les passants se faufilent entre les piquets, sous les toiles à demi tendues, parmi les planches — qui de sauter par-dessus, de contourner un déchargement, de reculer, repoussé par une manœuvre. Scène à la Tati. Surgissent les premiers employés en complet veston, col de chemise coupant et gorge rougie, qui s'accoudent au comptoir — un express. Puis les infirmières, encore dans leur nuit, visage blême, yeux égarés : un perrier, un thé citron. Quelques lycéens retardataires — un chocolat, un crème. À ce moment-là nous arrivâmes chez Dunn's, l'ancien *Delicatessen* de la rue Sainte-Catherine, ouvert vingt-quatre heures, commandâmes des galettes de pommes de terre et des blinis, de la crème sure et du café.

Il était 5 h.

Le lendemain soir je reçus un appel téléphonique — une voix d'homme, hésitante : «Je cherche la blonde de Gabin», dit-il. L'angoisse m'envahit comme un raz-de-marée. Tout ce que je m'étais efforcée d'oublier durant la nuit venait de me ressaisir avec violence. L'homme qui parlait pouvait tout aussi bien être un dealer ou n'importe quel type de la petite pègre. La timidité qui perçait dans sa voix me rassura pourtant. «De la part de qui ?

— Richard, Richard Lamoureux. J'habite au-d'ssus de lui, l'appartement de d'ssus, j'veux dire». Il parlait de manière hachée, mangeant les syllabes à la façon des gens simples. «Il m'avait dit vot'e nom, il est entré plein de sang, pis il m'a appelé. »

VII

Une petite crevette noire

Il avait erré pendant deux semaines, connaissait le gars à qui il avait troqué la bague pour quelques grammes, un maffieux asiatique qui avait ses quartiers dans le coin de la Gauchetière. Il s'était rendu à plusieurs reprises dans les environs, avait tourné autour de l'immeuble, tourné, tourné. Mais le coiffeur dont le *Salon de barbier* était attenant à la bâtisse — un des salons sans âge aux fauteuils de skaï brun et aux miroirs piqués, qui jalonnent Saint-Laurent —, officiait en chien de garde au pied de l'immeuble, surveillant toutes les allées et venues. Et les rares fois où le Chinois était apparu, c'était entouré d'autres types. Un après-midi, pourtant, il réussit à déjouer l'attention du coiffeur, se faufila le long du haut escalier jusqu'au premier étage du building, un bar-discothèque où l'on peut se procurer à peu près tout ce qui traîne comme dope en ville : héro, coke, crack, même de l'opium — quartier chinois oblige. Passant la tête par la porte il entr'aperçut son type au fond de la salle, qui jouait au billard avec d'autres. Hormis eux, le bar était désert, qu'une fille nettoyait, chaises sur les tables. Comme il entendit monter derrière lui, il se réfugia dans les toilettes. Ça puait. Des hommes passèrent, continuèrent à grimper. Au bout d'une vingtaine de minutes, coup de chance : les acolytes du gars sortirent. Il comprit vaguement qu'ils allaient au ravitaillement. De bouffe ou de dope, ça n'était pas clair. Il devait être 17 h. Il s'avança de nouveau vers la salle, glissa la tête dans l'embrasure de la porte. La fille avait aussi disparu. Le Chinois — c'était le nom qu'on lui donnait dans le milieu —, seul à présent, rangeait des verres derrière le bar. Lui, dégoulinait de peur, avec le sentiment, comme chaque fois qu'il avait peur, de retrouver toutes les peurs de sa vie qui remontaient à son enfance. Quand il allait voir sa mère dans le quartier à demi sauvage de la ville où les chiens errants se rassemblaient en horde, qu'il entendait hurler, la nuit, depuis l'arrière des baraquements. Souvenirs fantômes dont il n'aurait su dire la part de réalité et celle d'hallucination, qui ombrageaient son âme de sombres présages. Il éprouvait le même malaise quand il rentrait dans Lachine, quartier excentré, aux constructions vétustes, où les enfants jouent à même la rue — tous ces coins qu'il avait connus où il ne s'était jamais senti chez lui, mais déplacé, sur le qui-vive. Exactement la situation où il se trouvait : le sentiment du hasard, sa vie comme un hasard, depuis le début. Et la certitude qu'il n'y pouvait rien, qu'un coup de dés pouvait tout faire basculer, faire aller les choses d'un côté ou de l'autre sans raison ni pardon. Au cœur, la sensation de gens qui vous tiennent, vous mettent aux abois : le *shylock* du Plateau, les commerçants, les amis, à qui il devait de l'argent. Il rendait bien des services en échange mais... Sans compter les fournisseurs, du petit dealer — encore, avec les petits, ça s'arrangeait toujours — au maffieux protégé comme celui qu'il voyait aligner les verres derrière le bar. Ce type lui donnait la nausée, gominé, impeccablement vêtu, aux traits durs, à l'expression indifférente, qu'animait le perpétuel sourire de l'opium. Une salope. Et lui-même salaud devenu, du fait de la dope, oui — mais de la vie. À piquer les bijoux de la femme qu'il aimait... Il avait vu la douleur sur le visage de Marianne, quelque chose d'indicible, avait su qu'il avait tué quelque chose — avait senti son chagrin fou et essayé de dire : il n'avait pas pensé, ne pensait jamais dans ces moments-là, oubliait tout jusqu'à lui-même, emporté par sa folie, vendu au Mal et à l'oubli. Elle avait répondu que ça n'était pas une raison, Marianne, qu'il pouvait aller se faire foutre, qu'elle ne l'aimerait plus... Combien de fois ça lui était arrivé d'en arriver là, au bout de la misère, de détruire ce qu'il avait de plus cher ? Ç'avait toujours été ainsi. Au point qu'il avait fini par se croire habité par le Mal, quelque chose qu'il n'avait su éradiquer, qui, les années passant, s'était métamorphosé en obsessions, idées suicidaires, voix. Ça remontait au jour où son grand-père l'avait tellement battu en le traitant de *sang sale*, de *nègre d'américain*, qu'il s'était soulevé de terre, avait saisi un plat et l'avait fracassé sur le crâne du vieil homme. Ce dernier avait chancelé, de sa bouche avait essayé de former des mots, en vain, s'était écroulé dans un râle. Il avait vu le sang couler sur la peau claire du vieux. Tous ces mots que l'on employait dans son pays pour désigner les couleurs, la morphologie : des grimaud aux marabout, des bakongo aux griffe. Autre effet de la colonisation, au-delà des terres et des corps, celle des âmes. Ce jour-là avait été celui de sa première rébellion, elle devait être la dernière. Le vieil homme, déjà fragile, ne s'en était plus relevé. Il n'avait plus quitté son lit que pour le fauteuil installé sur la véranda. Lui, avait eu si peur, l'avait cru mort, qu'il s'était enfui, avait couru le long de la plage, couru. C'est alors que des voix lui étaient venues. La première fois. Comme dans une séparation d'avec lui-même, lui disant qu'il était un enfant du Mal voué au Mal, qu'il devait expier. Quand il avait repris conscience, il était abattu sur le sable comme s'il eût marché des jours durant, de retour d'un lieu dont il n'aurait su dire où il se trouvait ni combien de temps cela avait duré : un jour, une nuit, deux jours, deux nuits... Au fil des années les voix étaient revenues à chaque fois que ça allait mal dans sa vie. Quand il ne consommait pas, elles se transformaient en pensées qui ne le lâchaient pas, qu'il nommait culpabilité, dépression. Si bien qu'il replongeait dans la dope pour oublier, et le cercle se refermait. D'autres fois il se disait que le Mal prenait la forme de la paresse à laquelle il se laissait aller, une paresse sans fond, en forme de révolte — jouissive avec ça. Sans doute pour ça que les travailleurs sociaux et autres fonctionnaires ne le supportaient pas... Moins ils supportaient, plus il souriait. Petite vengeance, douce revanche... Il souriait de ce doux sourire qu'on lui connaissait, qui semblait pouvoir effacer la méchanceté du monde — un sourire d'enfant. Dans ces moments-là il se sentait consacré à l'éternité du temps et au plaisir, ne voulait qu'attendre que le temps passe et se vouer à l'érotisme de la vie — élu. Être heureux, profiter — telle devenait sa devise. C'était si rare. Il jouait aussi, au poker, suffisamment bien pour se refaire quand l'occasion se présentait, avec des copains qui bossaient — profs, écrivains — au café Guyane ou au Lisboa dont le patron, Édouardo, un ancien professeur de littérature, amoureux de Pessoa, qui avait émigré pendant le régime militaire, l'invitait à animer une soirée à l'occasion. Il arrivait vers dix-sept heures, tous deux partageaient un poulet à la portugaise ou des sardines grillées, des olives et du vin, en parlant politique, littérature. Puis la clientèle arrivait, et lui s'activait. Déclamer, il aimait par-dessus tout, c'était comme la vie qui coulait dans ses veines, du sang chaud. Il y mettait du cœur, redevenait humain. Dans ces moments-là aussi, il transpirait comme un fou, mais c'était d'une autre peur, une peur vivante mêlée d'excitation, de joie, de désir. Il voyait les sourires animer les visages, les visages des femmes — un air d'ailleurs. Les femmes. Son port d'attache — mais l'abandon... Avec amertume il disait *I missed my mother*, à l'anglaise, comme s'il avait *manqué sa mère* au lieu qu'elle lui eût tant manqué. Comme si elle revivait en chacune de ces femmes, elle qu'il n'avait cessé de fuir et de chercher avec le sentiment de n'avoir pas su être un fils, de ne l'avoir pas honorée comme on s'y attend d'un enfant : qu'il revienne, fortune faite, d'Amérique ou d'ailleurs. Lui, le mythe l'avait dévoré. Il pensait à Marcel dans *Gouverneur de la rosée* — mort de son honnêteté. Il pensa à *L'Hiver de force* de Ducharme, se dit *la vie de force*. *L'irrespiration*. N'être jamais sûr de survivre. Alors aux femmes il s'accrochait comme à un ultime espoir, celui de trouver le repos. En vain. Mise en espoir et mise en échec, perpétuellement recommencées, qu'il orchestrait malgré lui. Il continuait pourtant. L'amour — n'était-ce pas tout ce qui lui restait? Des hommes, il se méfiait. Les femmes incarnaient la douceur. Il disait *la vie douce* — mais un puits sans fond. Marianne, son visage, mon poète préféré, murmurait-elle avec cet alanguissement dans ses graves yeux gris — il ne la croyait pas, elle se moquait. Et pourtant... Quand il voyait ces mêmes yeux graves basculer, que son corps s'abandonnait — comment douter? Mais comment pouvait-elle...? C'est qu'elle ne le connaissait pas, qu'elle ignorait le mal qui le rongeait. L'aimait-elle? Marianne...

Et puis les gens ne comprenaient pas que la poésie ne se commande pas — enfin dans son cas. Elle venait à lui, généralement après ses chutes, un soir dans un bar, ou quand il se morfondait dans son appartement à n'avoir plus un sou. Alors il alternait, les conversations sportives avec

Richard, la télé, et les mots jetés. Il ne savait pas travailler. Écrire, pour lui, tenait d'un surgissement. En dehors de ces moments d'inspiration, l'écriture se rétractait, se refusait. Aussi son écriture était-elle une écriture perdue, mais qui le tenait en vie, des traces de quelque chose — lui-même? — auxquelles il s'accrochait. La seule chose de lui que son grand-père avait appréciée, que les frères avaient encouragée. Il se disait, *quand je serai disparu il restera ces mots et peut-être qu'ils comprendront quelque chose, autre chose, que je n'ai pas compris, juste senti, moi qui suis voué à la brûlure des choses.* Les mots lui étaient un radeau en haute mer, une ligne de flottaison sur l'horizon maritime. Ces derniers temps il goûtait au luxe : une vieille machine qu'Espe avait récupérée dans sa boîte. Le texte était beau, lisible. Il se disait *si quelqu'un le trouve ce sera lisible.* Il pensait toujours *un jour, quelqu'un...* Sauf quand il était dans des états extrêmes. Dans ces moments-là il ne pensait plus. Rien ne résistait, ni les conversations avec Richard, ni la télé, ni les mots, ni même le Lisboa. Rien que la chute — vertigineuse. Le gouffre. Marianne lui avait prêté *L'Expérience intérieure*, et Lorca, de la prose. Elle sentait les choses Marianne, avec ses yeux intelligents. Sa femme, sa fleur, il disait *un champ de Marianne* comme on dit un champ de glaïeuls ou de coquelicots, rouges, peut-être en mémoire de son grand-père dont elle lui avait parlé, blessé au champ d'honneur. Ou Marianne comme un chant. Le rouge était la couleur de Marianne, un rouge ténu, au bord du rose, vif et tendre à la fois. Marianne — qu'il aimait? qui l'aimait? Elle était devenue sa vie. Il l'appelait sa blanche. Elle avait relevé : Ta blanche? N'en manquait pas une... Marianne.

Quand il remontait de ses *downs*, qu'il était affamé de nourriture, de vie, il faisait la ronde de ses amis. Marianne avait dit : à manger, jamais d'argent, que sinon ça ne serait pas une relation normale. Qu'était-ce qu'une *relation normale*? avait-il demandé. Elle avait répliqué qu'il jouait sur les mots, qu'elle n'avait pas à l'entretenir, que parfois oui — mais... Elle ne voyait pas qu'il était un *parfois* permanent. C'était tout elle, cette façon de régler les choses. Ça l'énervait. Lui, le plus souvent, se sentait ignorant. Il éprouvait les choses, c'était différent. Et comme ce qu'il éprouvait lui faisait généralement mal, il préférait l'ignorer, sauf quand les mots prenaient leur revanche, l'envahissaient au point de le déborder. Alors il écrivait. Mais alors ça ne lui appartenait plus, alors ça n'avait plus d'importance. Marianne disait que parler permet de vivre. Lui n'y croyait pas. Il valait mieux rester seul et oublier, se disait-il. Telle était la leçon qu'il avait tirée de la vie. De toute façon il n'avait jamais eu qui que ce soit pour écouter — alors? Il préférait le silence, s'enfuir, courir, jusqu'à ce que le tumulte s'éteigne, jusqu'à la fois suivante. C'est ainsi que sa vie s'apparentait à des montagnes russes, une suite d'escalades et de chutes abruptes dans lesquelles il s'élançait, pensant chaque fois en mourir. C'est ainsi qu'à force d'aller toujours plus loin, dans ses voyages autant imaginaires que réels, il était hors de lui-même devenu.

Et si Marianne le quittait? Cette idée le hantait. Depuis qu'il était avec elle il avait un port d'attache, un lieu où échouer, s'ancrer en cas de tempête. Il était sûr que Marianne saurait toujours quoi faire — pas sûr qu'elle le ferait. Parfois elle bloquait, se faisait mur. Le sourire, la tendresse, l'humour, rien n'y faisait. Comme si tout était mort. Il avait peur qu'elle le laisse. Une peur de chien, il s'en rendait compte à présent. C'était cette peur qui, toujours, l'avait fait retomber dans la dépense. Mais sa propre fuite en avant le minait, cette façon qu'il avait de poursuivre toute chose au point de se consumer. Il se sentait le cerveau rongé, le corps exsangue, le cœur de cendres froides. La bague de fiançailles de sa mère morte quand elle était enfant, le camée de sa grand-mère. Comment avait-il pu? Il n'osait même pas y penser. À présent qu'il avait retrouvé ses esprits, que l'angoisse le tenait à la gorge et le remords et le vide au cœur, il n'avait plus qu'à aller trouver ce gars qui essuyait des verres derrière le bar : l'Asiatique au sourire d'opium. Depuis un long moment il n'y avait plus de bruit alentour, ni depuis l'étage supérieur, ni en provenance de la rue. Il quitta le couloir jouxtant les toilettes, s'avança, la chemise collée à la peau, les mains dégoulinantes, alla jusqu'au fond de la salle, et, l'air dégagé, presque avec un sourire, interpella l'homme : «La bague?» L'autre qui s'était retourné, l'expression figée, ne répondit pas. Lui, reprit : «Je veux l'échanger.

— *I sold it*», répondit l'autre, glacé.

Il sentit un trop-plein — et puis le désordre. Ce n'était pas leur entente. L'homme s'était engagé à garder le bijou un mois. Mais comment s'était-il fié à lui? Il se mit à le haïr, s'imagina qu'il allait perdre Marianne définitivement, que tout serait fini. «Salaud! Salaud!», hurla-t-il — ne sut pas ce qui lui prit. Lui qui n'était pas violent se précipita vers le bar, saisit l'homme à la gorge et serra, serra. L'homme se débattit mais il était mince et visiblement altéré. Lui, n'avait plus conscience de rien. Toute sa rage sortait de lui à ce moment-là — une rage qui remontait à l'enfance, à son grand-père, une rage sans âge. Il serrait, serrait, ne voyait plus l'homme, ne voyait plus rien, ne pensait plus. Seul le visage de Marianne le hantait, ses yeux gris. Marianne. Il lâcha prise. L'homme, étendu sous lui, ne bougeait plus mais respirait. Il sentait son haleine tiède sur ses mains glacées, n'eut pas le temps de se relever qu'il se sentit attrapé par derrière et martelé de coups, entrevit les acolytes du gars qui étaient de retour. À présent il se laissait faire, toute son énergie était tombée et les hommes s'en donnaient à cœur joie : coups de pieds, coups de coude, coups de poings. Bientôt il n'éprouva plus de sensations tant la douleur était violente. Il ne voyait plus non plus, les yeux brouillés de sang. Il sentit qu'on le traînait à travers la salle. Pour finir, les hommes le balancèrent du haut du long escalier. Ce fut la sensation glacée de la neige sur ses mains et ses joues, qui le tira de son évanouissement. Heureusement, un banc de neige avait amorti sa chute. Et comme il faisait nuit, personne ne lui prêtait attention. Il resta là un long moment, à regarder les gens passer, réussit à se redresser malgré la douleur, ne voulait pas, surtout pas, que quiconque appelle la police — simplement rester là un moment, le temps de se reprendre. Tête baissée, il lui vint de tendre une main, s'essuyant le nez qui saignait de l'autre. Il y avait tant de clochards à présent, un tous les cinquante mètres — sans abri, itinérants. Coup du sort : lui qui avait déjà fait la manche pendant des heures pour pas un sou, se fit presque deux dollars en dix minutes. Contrecoup des fêtes ? Il trouva le cœur d'en rire puis, dès qu'il se sentit mieux, il traversa la rue et s'engouffra dans le bus de Saint-Laurent. Il avait si mal dans la poitrine qu'il pouvait à peine respirer. Chaque inspiration lui déchirait les côtes, il en avait peut-être une de fêlée. Ce ne serait pas la première fois, il lui suffisait de ne pas bouger. Une demi-heure plus tard, arrivé dans Lachine, il appela Richard et sombra. Quand il se réveilla, Marianne était penchée sur lui. Il lut l'inquiétude dans ses yeux. Elle le lavait du sang qu'il avait sur le visage et le buste : «Ta bague, murmura-t-il. C'est foutu». La douleur lui enchaîna la poitrine. Elle ne répondit pas, des larmes montèrent à ses yeux. Elle s'écarta, se dirigea vers la fenêtre qui donnait sur la cour. «Bon, j'vais vous laisser, dit Richard. Si vous avez besoin de qu'que chose, vous avez juste à m'appeler.

— Merci», répondit Marianne. Gabin la regardait. Elle ajouta à part soi : «Ça ne finira jamais». Il l'entendit, n'eut pas la force de répondre. Il éprouvait une honte sans fond, se sentait nu, sans recours. Il aurait voulu la prendre dans ses bras. «Je t'en achèterai une autre, murmura-t-il, je te jure.» Puis il reprit son souffle tout en la regardant, immobile, le visage encadré de sa lourde chevelure blonde, sa bouche naturellement dessinée. Elle était belle, Marianne. Lourdeur de marbre, buste sculpté disparaissant sur le fond du ciel, silhouette de femme sur une toile de Jouy ou *Jeune fille à la fenêtre à Figuéras* — cette toile qu'affectionnait son grand-père. Tous deux assis sur la véranda coloniale, feuilletant des livres dans Haïti perdue. Elle avait, dans son port, quelque chose des brodeuses catalanes, mains suspendues dans leur mouvement, regard qui semblait s'être arrimé à la course des nuages, là-bas, les pensées dispersées dans le tumulte blanc. Quelque chose d'éternel. Il commençait à neiger. Elle était la brodeuse, les femmes, La Femme. Tout devint doux à cet instant-là, assourdi par la neige. Il s'endormit.

* * *

Je me rappelle être restée longtemps au bord de la fenêtre à regarder la neige, me demandant qui j'étais, ce que je faisais dans ce coin perdu de Lachine, dans cette ville, ce monde que l'amour semblait me rendre plus étranger encore. «L'amour, l'amour», le ton mi-crédule mi-rieur d'Isabelle Huppert dans *Madame Bovary*, la scène du jardin, dans lequel on perçoit, derrière la moquerie légère, un je-ne-sais-quoi de tout à fait grave. Telle était la pensée qui m'avait traversée le matin même : *a priori* l'amour n'existe pas, seul le besoin d'amour... Ce qui me rivait à Gabin, me gardait en proie... Je luttais, sans connaître la limite de ma force, à l'épreuve, appréhendant sans cesse le débordement ou l'effondrement. Gabin m'était si proche et pourtant si lointain. Mon *intime étranger*, l'avais-je en moi-même surnommé, lui qui savait si bien celle que j'étais. Il y eut un bruit, comme un objet qui tombe, puis je l'entendis répéter, comme dans un rêve :

* * *

«Je t'achèterai une autre bague, plus belle». Il vit Marianne quitter la fenêtre et venir à lui. «Tu trembles?, remarqua-t-elle.

— Je suis glacé, puis, pardon.»

Elle remonta les draps autour de lui, se mit en quête d'une couverture. «Il n'y en a pas, dit-il.

— Je vais en demander une à Richard.» Elle s'absenta un moment, revint avec un duvet décousu qu'elle étendit sur la largeur du lit et tapota pour en égaliser l'épaisseur. «Tiens, reprit-elle, j'avais amené ça». Il la regarda sortir de son sac un grand pot de yaourt — ça le fit rire, il en eut mal aux côtes. Elle rit à son tour : «C'est de la soupe, je l'ai faite hier», dit-elle. Décidément Marianne... Il la regarda aller, la trouvait belle, cette façon qu'elle avait de pencher la tête de côté quand elle s'absentait en pensée.

Ils mangèrent, lui allongé, elle assise sur le bord du lit, leurs assiettes sur le fauteuil qu'elle avait tiré auprès d'eux. Elle lui administra une double dose d'aspirine. Il se sentait mieux à présent, la douleur s'estompait. «Qu'est-ce que tu vas faire?», demanda-t-il. «Je vais rester cette nuit. De toute façon il fait trop froid pour ressortir. On verra demain». Il lui prit la main, la serra, elle lui caressa le front. Mais il voyait la tristesse au fond de ses yeux, lourde comme un ciel brouillé. Une peur incontrôlable recommença à l'habiter. Ils écoutèrent les informations télévisées.

Il y fut question de son pays : « Je suis en pleine communion avec mon peuple », disait l'ancien président au bras de son épouse... Manifestations habituelles sous l'œil vigilant des Américains : deux morts. Le ministre de la défense US : « Nous ne sommes pas là comme des envahisseurs mais comme des amis »... Quand ils se furent étendus et eurent éteint la lumière il se mit à trembler, tenta en vain de se contrôler. Marianne dormait contre lui, la peau douce. Son corps massif à la façon des corps d'antan, mais contrairement à eux, musclé. Le corps d'une danseuse, charpenté. Il aimait la rondeur de ses hanches, signe, en son pays, de solidité. Il avait froid, se colla à elle en chien de fusil, elle dans lui, eut envie d'elle — de ses cuisses et de ses fesses auxquelles il s'appuyait, de son ventre rond sous sa main. Elle ne bougeait pas. Ses tremblements se calmèrent mais dès qu'il repensait aux événements récents et revoyait les yeux brouillés de Marianne, ils reprenaient. Il sentait qu'elle était loin, même si elle était là, loin comme elle n'avait jamais été.

* * *

Sa main sur mon ventre, son sexe dans mes reins, Gabin avait retrouvé sa chaleur. Nous étions proches, mêmes et émus — mais dans la *confusion des sentiments*. Naissance en noces mortelles. Cette nuit-là parmi d'autres, je me suis défendue, ai défait ses mains de mon corps, me suis détachée et forcée à des pensées que j'avais choisies étrangères — croyais-je : je marchais sur la plage de Ponderosa, jeune... On ne décide pas tout, disait Sylvie. Le désir change, les choses se défont et se recomposent. Et comment ne pas aimer ? J'entendais Gabin murmurer à mon oreille des choses que je ne comprenais pas, le ton de sa voix était tranquille qui me berçait. Je devinais la douceur de son regard — ses yeux de gamin inquiet. Depuis un long moment il oscillait. Dehors, il neigeait toujours. Bientôt mes pensées se diluèrent, se firent transfuges de mon corps. J'épousai le mouvement de Gabin malgré le chagrin et cette voix de l'âme qui m'interpellait *jusqu'à quand ?, jusqu'à quand ?* Il était proche, de son murmure il m'enveloppait et de sa peau douce comme un velours fin — odeur ambrée. *On ne décide pas de tout...* Je tombai. Comme dans un champ avant la moisson. La neige, au-dehors, avait amorti tous les bruits. Nous étions dans un grand lit blanc, à la grandeur de la ville... Aveugles, les épis à hauteur de visage — sous nos corps, un matelas suspendant nos mouvements, les faisant souples, aériens, nous avancions. À Ponderosa, ça sentait les blés, la poussière de blé qui provoque des éternuements. Et la mer nous baignant. Nous avancions, suspendus, sur le sol épais et doux, dans l'atmosphère sourde des hautes herbes, le ciel basculant sur nos têtes étourdies, nos corps respirant, se détendant, approfondis. Nous vécûmes ainsi, naquîmes et mourûmes dans des espaces lointains, sauvages comme la forêt et étals comme les étendues maritimes, longeâmes des côtes, tour à tour étrangers et nous donnant la main comme des enfants, regardant les bateaux de pirates imaginés par nos mémoires d'alors, nos regards se croisant dans la clarté blanche de la nuit. Dehors, il continuait de neiger. On ne le voyait pas vraiment mais on le sentait à l'atmosphère ouatée de la ville, dedans tout était dans l'ombre — la chambre dans l'été de l'hiver. La neige molle et chaude comme les blés. Le voisinage paraissait désert, même la télévision de Richard, s'était tue. Seuls nos souffles résonnaient et, lointain, le rugissement d'une voiture cherchant à se propulser hors d'un banc de neige. Un moment quelque part *il a beaucoup neigé, sur toute la côte Est depuis Boston, une tempête en provenance...* Radio éloignée... Je savais pourtant que j'étais là sans plus y être tout à fait, que nous jouissions d'expérience d'une terre familière, mais nous en éloignant inéluctablement. Était-ce le désenchantement, déjà? La peur ou le chagrin? Gabin se remit à trembler. J'eus mal. Parle-moi, demanda-t-il d'une voix blanche. Je lui racontai Ponderosa. La villa entourée de terrasses, le terrain accidenté couvert de pins, de châtaigniers et de magnolias qui embaumaient — leurs lourdes fleurs blanches s'épanchant dans l'obscurité. Et au cœur de l'été, les effluves du jasmin officinal et des fenouils géants, anisés, légers — un terrain qui tombait sur la mer. Je lui dis le bruissement des roseaux se berçant le long des *rieras,* ces sources qui descendent de la montagne par la rue centrale du village, charriant toutes sortes de choses jusqu'à des poules et des cochons, obligeant les habitants à installer des palissades en prévision des débordements. Je lui racontai les *balsas,* ces fontaines d'eau perpétuelle situées entre les bas des jardins et la plage, raccordées aux sources souterraines et formant des genres d'étangs qu'on ouvrait, le soir, pour irriguer les cultures. Je lui dis la caresse des palmiers, l'ombre vaste des figuiers dont nous savourions les fruits chauds et juteux, et les bambous lisses et luisants comme sa peau noire. «N'aie pas peur, murmurai-je.

— Tu ne me laisseras pas? Tu ne m'abandonneras pas?» Il tremblait toujours. Je n'avais jamais vu personne trembler ainsi. «Repose-toi». Cette nuit-là, ce fut moi qui le gardai contre moi, l'entourai, pour ne m'endormir qu'à l'aube, recroquevillée contre lui dans le lit étroit. La neige qui avait continué de tomber, ensevelissait à présent une partie de la fenêtre de la chambre, nous plongeant dans une obscurité blanche vidée de tout bruit et de toute couleur.

Je ne sais plus si c'est cette nuit-là ou bien une autre dans les jours qui suivirent. Je rêvai que je descendais aux *balsas,* au bas du jardin de la maison d'Espagne, en pleine nuit, et que, me promenant au bord de l'eau, j'en tirai un petit bébé noir, aussi long et mince que Gabin était, doué de sa grâce et de sa gaieté. Dès que je l'eus saisi, l'enfant enroula autour de moi ses membres qu'il avait très longs comme certaines araignées ou crevettes et s'accrocha. Je le surnommai *petite crevette noire.*

VIII
La journée longue

Comme à chacune des visites de son mari Alice avait dépéri, sa voix s'était refaite murmure, elle-même s'enveloppant dans ses voiles comme dans un linceul. Elle m'évoquait les personnages fantasmagoriques qui peuplent les contes — dont l'existence eût eu pour unique fonction d'épouser les mouvements de son entourage, qui se serait évanouie, transparente, avec leur disparition. Son mari l'absorbait au point qu'elle perdait, durant ses séjours, le peu de poids qu'elle avait pris pendant ses absences, et éprouvait en retour de nombreuses difficultés à nourrir son enfant, ce qu'il ne manquait pas de lui reprocher dans un cercle vicieux mortifère auquel elle ne savait échapper. *Je n'existe pas, je deviens lui, c'est pour ça que je meurs...*, laissa-t-elle tomber à la fin d'une séance. Ne disparaissais-je pas moi-même dans Gabin? Il touchait en moi quelque chose de si profond et intime, que m'en éloigner eût été me perdre moi-même ou un enfant qui eût été mien — m'en arracher. Le rêve de la petite crevette noire m'habitait, qui convoyait avec lui non seulement un bébé que nous aurions pu avoir ou Gabin lui-même, mais aussi la petite

fille que j'avais été, égarée sur les traces oubliées de ma mère
morte. Oubliées, croyais-je — pour que disparaisse l'insupportable ? Ma mère était morte et je ne l'avais pas
pleurée, ma mère était morte et je n'avais pas prié, ma mère
était morte et je m'étais tue. N'étais-je pas avalée de la
même manière par la déperdition de Gabin, tentant de l'en
soulager tout en réalisant que plus je m'y efforçais, plus il
s'y enfonçait — m'y aspirant. En mémoire, ses histoires
toxicomaniaques, longue suite de douleurs à même le
corps, de piqûres mal faites et de produits trafiqués,
s'achevant dans des séjours hospitaliers. Passion où jouissance et souffrance semblaient inextricablement liées —
entretenant la mort au bord de la vie. Passion qu'il semblait
ne pouvoir traverser qu'à exposer son corps, dans sa beauté
et sa puissance, à la destruction. Où l'amour était partie
prenante de cette souffrance et son âme en proie au Mal qui
le tenaillait. Pour racheter quel péché ? Celui d'être né ?, la
faute de sa mère ? Il me confia un jour qu'il avait fini par
prendre plaisir aux coups que son grand-père lui donnait.
Que tout avait commencé là, avec la brûlure sur sa peau,
que c'était devenu jouissif de sentir qu'il pouvait mettre le
vieil homme hors de lui mais qu'il n'avait jamais supporté
ses injures à propos de sa mère et de sa propre naissance. Ce
pourquoi il s'était redressé, l'année de ses dix ans, et avait
affronté l'aïeul. Mais quand il l'avait vu chanceler tout
s'était inversé, la peur avait commencé. Non plus celle
d'être battu, méprisé, injurié, mais la peur de se retrouver
seul, le vieil homme et Vierjina étant tout ce qu'il avait. Et
c'est effectivement ce qui s'était produit. L'aïeul disparut
deux ans plus tard, et Vierjina trop malade pour s'occuper
de lui, il s'était retrouvé chez les frères. Ça n'avait pas pris
de temps avant que l'un d'eux le prenne sous sa *protection*.
Dans la communion des choses... Il s'était laissé faire, avait
laissé dire, et, sur le conseil de ses camarades, avait même

appris à en tirer de menus avantages : des livres, quelques permissions. Ainsi avait-il grandi, lisant, écrivant tout en monnayant sa jeunesse. Sa mère, il ne l'avait plus vue qu'en certains soirs, profitant de ses *occupations* pour se dérober à son contrôle autant qu'au régime disciplinaire du collège, traîner dans la ville, dans cette sorte de désert habité qu'était devenue sa vie.

* * *

C'était un dimanche. Je me le rappelle car la chaîne ontarienne diffusait un vieux film français. Rencontre nocturne entre un jeune lieutenant et une femme aimée qu'un notable s'apprête à épouser...

Elle : Je savais que vous reviendriez.
Lui : Je ne le savais pas moi-même.

Le téléphone sonna : «C'est moi». Gabin, le souffle oppressé. Elle : Pour vous prier de m'oublier... La confusion m'envahit, une sensation d'irréalité, je me suis mise à avoir froid. Sa voix dans l'écouteur : «Je veux te parler». J'avais beau m'efforcer de dire quelque chose, j'en étais incapable. Comme après le décès de ma mère et celui de ma grand-mère, j'étais redevenue muette. «Je ne vais pas bien du tout», finit-il par articuler. Mon propre silence m'engloutissait.

Elle : Il faut en finir (...)
Lui : Mais tout est fini. Je vais repartir (...) et quand je reviendrai...
Elle : Vous ne penserez plus à moi.
Lui : Vous serez mariée à quelqu'un que vous n'aimez pas.

Un sentiment de panique me saisit. Je me sentis dans un désert.

Elle : Il m'aime.

Lui : Et moi? depuis huit jours que j'attends que tu répondes à mes lettres. À peine arrivé, j'ai couru vers toi. À quel jeu te livres-tu, de quoi veux-tu me punir, qu'as-tu à me reprocher?

Elle : Si je vous écoutais plus longtemps, je serais perdue. J'ai peur de vous.

De lui, de moi, de nous. De sa folie et de sa destruction, si proches des miennes, trop proches. D'être engloutie et que nous nous perdions ensemble. «Je veux te voir.» Malgré moi, je restai mutique. Il raccrocha. J'étais dans un état catatonique.

* * *

Il errait depuis plusieurs jours. Depuis le dernier appel à Marianne. Pas un sou pour chauffer son appartement et rien à manger. Il avait passé deux jours chez Espe. Juan, son fils, et ses amis étaient là, ç'avait été gai. Ils avaient cuisiné, mangé du *turon* et bu du chocolat chaud qu'Espe faisait à la manière catalane, si épais que les beignets tenaient debout dedans. Puis une journée chez Henri dont la mère était rentrée à Paris. À présent il traînait dans la ville aux chaussées crevées, couvertes de sel et de graviers, la neige écumeuse montant à l'assaut des trottoirs, langue sale et boueuse du bitume citadin qui avalait tout ce qui traînait et s'étirerait jusqu'en avril. Au moins le mercure avait-il dépassé le zéro. Finalement, il s'était retrouvé chez Richard, à regarder les sports jusque tard dans la nuit. Là au moins, il avait eu chaud. Puis il en avait eu assez, il avait décidé qu'au point où il en était, il mettrait du chauffage chez lui, que l'Hydro irait se faire payer par qui elle voudrait! Mais il n'avait plus de quoi manger, pas de quoi s'habiller non plus. Henri lui avait bien passé un vieil anorak mais la fermeture était cassée. Quant à ses bottes, elles gisaient, éventrées, dans le couloir. Ne lui restait qu'une paire de baskets. Tout était un problème. Ça lui prenait la tête. Il se mettait à en vouloir à tous et chacun, Henri et sa vie rangée, Espe et ses Argentins en cuir, Marianne qui l'avait fichu dehors. Quand même... Trois jours qu'il se nourrissait de patates douces et de petits pois en boîte, ses dernières réserves. Même plus de café ni de thé, le dernier sachet avait fait les trois jours. À présent, il était à l'eau chaude. Il avait bien essayé de passer par l'organisme communautaire mais il fallait une lettre du CLSC et le responsable était absent. «Alors personne bouffe!» avait-il jeté. On lui avait dit de repasser le lendemain, qu'on verrait. *On*, dans ces endroits-là, on ne sait jamais qui c'est, et quand il était revenu, personne ne se souvenait de lui. *On* l'avait fait attendre, la faim au ventre, et la rage lui était revenue, l'envie de tout casser. Il était sur le point de partir avant de faire une connerie, quand *on* lui avait finalement remis une lettre. Immédiatement il s'était rendu à l'organisme communautaire, imaginant un vrai repas, un steak avec des oignons et du riz, un litre de lait qu'il avalerait à petites goulées. À défaut d'avoir de quoi payer le bus, il avait parcouru à pied les trois kilomètres qui l'en séparaient, était finalement arrivé pour se faire dire que ce n'était pas le bon jour, qu'il lui faudrait revenir le lendemain... Là, il s'était emporté, avait crié qu'il n'avait rien mangé depuis deux jours, que *comment voulaient-ils qu'il attende encore?*, que *est-ce qu'ils attendaient eux pour manger?* Il avait gueulé, gueulé. Puis il s'était mis à rire, d'un rire amer. Il avait téléphoné à Henri qui n'était pas là. À Marianne il n'avait pas osé, dans l'amertume du dernier appel. Elle avait raison, n'avait pas à s'occuper de lui — mais... De nouveau il était seul. Comme un gouffre qui l'aspirait. Sa vie, une route, la nuit, dans une forêt dont le feuillage l'aurait progressivement emprisonné. Il essayait de lutter contre cette idée et, pour ce faire, de ne pas penser. Ni à la ville sale et froide, ni à son appartement vide et sa vue sur la cour arrière emplie du bric-à-brac de Richard, ni à Marianne, ni à la vie. Mais ça le reprenait comme des aboiements de chien enragé — les voix : la télévision d'Henri, les bureaucrates du CLSC, le roulis de l'autoroute Ville-Marie qui couvrait Lachine comme une chape, et, en arrière-fond, de très loin, la voix de sa mère, qu'il était *un bon à rien, un vaurien...* Il avait envie de crier, envie de mourir, se sentit soudain extrêmement faible, comme étourdi. Il décida de ressortir. Tout était sombre. Il traversa Lachine en courant, le marché Atwater, remonta en direction du boulevard René-Lévesque qu'il suivit jusqu'à Saint-Laurent. L'étourdissement des dernières heures avait fait place à de la surexcitation, un état nerveux proche de l'euphorie. Sa faiblesse qui s'était accentuée, était presque devenue une jouissance, qui décuplait ses sensations. À présent, il se sentait léger, léger, devint hilare. Une sorte de délire l'emporta. Plus rien n'avait d'importance, rien n'était grave, la vie était le rien, lui-même n'était que l'incarnation de la folie du monde, il avançait dans le vide... Il faisait tout à fait nuit à présent. C'était un jeudi soir. Il remontait Saint-Laurent, longeant les boutiques, les charcuteries d'Europe de l'Est aux viandes fumées suspendues au plafond, les boulangeries juives aux vitrines dégorgeant de gargantuesques croissants au chocolat et de pains de toutes sortes, noir, au cumin, les épiceries italiennes aux longs rayons de pâtes alimentaires et de paquets de cafés. Ça embaumait par bouffées chaque fois que quelqu'un sortait d'un magasin. Les odeurs — sa vie dans les odeurs. Odeurs d'épices, de fritures, de détritus, odeurs d'enfances, des endroits où il avait vécu, odeur de Vierjina et de Marianne... C'est alors qu'il entra dans une boutique et ne sut plus ce qui se passa, ni comment. Il s'approcha d'un rayon et se mit à manger. Commença par quelques olives qu'il piqua dans un seau, une, deux, trois. Mais au lieu de calmer sa faim, elles l'excitèrent. Il avisa ensuite le rayon fromage, un paquet d'emmenthal sous plastique qu'il déchira d'un coup de dents, puis un pain sur une étagère du fond. Ce moment-là fut comme un rêve, une irréalité. Il mangeait comme s'il eût été chez lui, se servant dans les placards, il mangeait parce qu'il avait faim, simplement, sans autre préoccupation, insouciant comme un enfant à qui l'on ne compte pas la nourriture, presque heureux, avec quelque chose au fond de lui, une petite voix profonde qui lui montait à la tête mais qu'il faisait taire et qui formait une petite boule au fond de sa gorge, rendant la déglutition difficile. Mais il ne voulait pas savoir. Rien ne comptait que ce pain et ce fromage qu'il engloutissait sans avoir le moindrement la sensation de remplir ce qu'il ressentait comme un puits sans fond. Il lui semblait qu'il aurait avalé le monde. Ça aussi ça remontait à l'enfance, cette irrépressible sensation, le ventre qui faisait des bulles, lui donnait le hoquet — du jour où il avait commencé à errer. Sa tête était vide, tout à fait vide. Toujours dans son rêve, il se mit à l'aise, s'assit sur un tabouret abandonné au pied des rayonnages du fond, et continua d'engloutir : les olives, le pain, le fromage. Puis il attrapa un autre fromage, et un cake, mordit dedans à pleines dents, en alternant avec une tablette de chocolat — depuis combien de temps n'avait-il pas mangé de chocolat ? C'était un régal, ça lui faisait du bien. Déjà il sentait qu'il reprenait des forces, que la légèreté qu'il avait éprouvée quelque temps auparavant, cédait, que son esprit reprenait sa forme, et lui-même les pieds sur terre. C'est à ce moment-là qu'un sentiment d'appréhension l'envahit. Il commençait à percevoir du bruit autour de lui. Des gens s'étaient assemblés, qui le regardaient. Il entendit vaguement un brouhaha en provenance de l'entrée puis, indistinctement, une voix de femme dire «je paierai, je paierai pour lui». À ce moment-là une bousculade succéda au bruit. Il n'eut pas le temps de s'en rendre compte que des menottes se refermèrent sur ses poignets. Puis il vit ce qui restait du cake s'effriter entre ses doigts, tomber par terre. À peine conscient de ce qui se passait, il se baissa pour rattraper ces morceaux, en vain. Un violent coup lui fut donné pour le redresser. Alors seulement il comprit qu'il n'était plus libre. Il voulut bondir d'abord, puis expliquer, détruire enfin, mais, pour en avoir déjà fait l'expérience, il savait que l'engrenage de ce qu'on appelle l'intervention policière entamé, il n'y avait rien à faire — qu'à laisser faire. Aussi se tut-il tandis que la peur faisait son œuvre en lui, se distillait à la mesure de son impuissance. Sa révolte se transforma bientôt en hébétude.

La nuit était là, il se retrouva dans une voiture de police toute sirène dehors, fonçant dans la ville. Pendant de longues minutes il se dit qu'il était dans un mauvais film, qu'on l'avait poussé dans la mauvaise voiture et qu'on s'en apercevrait. Il se dit qu'il n'avait rien fait de grave, qu'il n'était pas celui qu'on croyait. À l'avant, les policiers blaguaient. Il les entendait à peine. Une sorte de surdité lui était venue, qui créait un barrage entre lui et l'extérieur. Les voix des deux hommes lui paraissaient fictives, lointaines : «On y va?

— Ouais, pourquoi pas!»

Il allait s'éveiller. La sirène continuait de hurler. Il lui semblait que ça faisait des heures que la voiture roulait. Il ne reconnaissait plus les rues. À un moment donné il vit une luisance lointaine : c'était le fleuve, ils étaient au bord du Saint-Laurent. Un des hommes ouvrit la porte : «Sors d'icitte, maudit nègre!» lança-t-il. Lui resta immobile, pétrifié. Le second vint alors en aide au premier. Tous deux le prirent au corps, chacun sous un bras, et le sortirent de force pour le mettre à genoux en surplomb de l'eau. Il ne reconnaissait pas les berges. C'était quelque part au-delà du vieux port, au bout d'un terrain vague qui s'étendait à perte de vue, sans végétation, entre l'eau et le ciel, sans protection non plus, aucun parapet, un terrain qui tombait en pente sur le Saint-Laurent. «Si on te crisse dedans, personne le saura!». Il était terrifié. Des crampes le prirent, il vomit tout ce qu'il avait avalé quelques minutes plus tôt — vomit. «Assez niaisé», reprit bientôt l'autre homme, «on rentre». D'un même mouvement ils le poussèrent dans le fond de la voiture et démarrèrent. Il se dit qu'il délirait, qu'il avait trop consommé. Qu'il allait se réveiller, et irait chez Marianne, qu'ils parleraient poésie, Aragon, Lorca, Brière, feraient du riz créole, des bananes plantain et du poisson frit... Longtemps après, lui sembla-t-il, on le poussa dans une pièce très éclairée — le poste numéro..., on l'assit sur une chaise. Les policiers qui l'accompagnaient saluèrent leurs collègues, se rivèrent à un ordinateur. Lui espérait encore que tout se termine bien, comme dans les films américains — sauf pour les Noirs!, se dit-il à part soi en y mettant ce qui lui restait d'humour... Il pressentait pourtant qu'un tout autre scénario se préparait. Les policiers ne le regardaient plus, ils parlaient et riaient entre eux. Lui, sommeillait, immobile, dans son odeur de vomissure qui entretenait sa nausée. «Ouais, entendit-il bientôt comme du fond d'un cauchemar, on a gagné à la loto... feuille de route!, coups et blessures, bris de probation et un avis de recherche...!» Il écoutait. *Coups et blessures* c'était avec Martine, ce soir de manque en plein hiver, la bataille dans la neige... Quant au bris de probation? Ça devait venir d'après — après l'histoire avec Micheline, après qu'il avait cru laisser sa peau en prison. Alors à l'idée d'y retourner, il n'avait rêvé qu'à partir, s'échapper, disparaître : il avait filé aux États sans crier gare. Il avait dans l'idée que n'être plus là physiquement le ferait oublier, que s'absentant, il disparaîtrait des registres, se désinscrirait des fichiers, et qu'ainsi disparu, il pourrait revenir et recommencer sa vie. C'était un peu comme une histoire qu'il se racontait et en laquelle il avait fini par croire au fur et à mesure que la vie s'était faite difficile, une idée magique comme en ont les enfants qui lui permettait de continuer à vivre, même s'il n'y croyait pas tout à fait. Il faisait comme si. De toute façon, même sa naissance l'avait laissé en plan, son père dont il ne portait pas le nom, et sa famille, si on pouvait la considérer comme une famille. Il avait la curieuse idée, parfois, qu'il pourrait retrouver son père et avec lui, un nom, quelque part, un lieu où habiter, où exister. C'était avec cette idée-là qu'il était parti aux États — un marin de Boston... Voilà comment il *fuyait la réalité*, *dixit* le travailleur social, comment il se retrouvait avec un *bris de probation*, une *feuille de route*. Quant à l'avis de recherche... Qui le recherchait, et pourquoi?

Le soir on le transféra à la prison où on le mit en cellule avec un Ivoirien prévenu pour immigration clandestine. Ils parlèrent de l'Afrique, de l'Amérique. Ils commençaient de s'assoupir quand l'homme se mit à se balancer d'avant en arrière, les yeux dans le vague, chantonnant une complainte qui se transforma bientôt en une plainte déchirante. Il eut beau s'asseoir auprès de lui, le prendre par les épaules, lui parler, rien n'y fit. L'Africain continuait de regarder dans le vide en émettant sa plainte infinie. Un garde surgit bientôt accompagné d'un autre homme, qui l'empoignèrent pour lui faire une injection : «C'est de même tous les soirs», dit l'homme qui ressemblait à un infirmier. «Paraîtrait qu'il vient d'Afrique, reprit le gardien.

Il supporte pas icitte». «Ça va le calmer!» ajouta l'autre. De fait, l'Africain se laissa lentement tomber sur son matelas où, comme un pantin désarticulé, il continua de délirer mais à voix basse. Quand les hommes furent partis, Gabin se demanda qui pouvait supporter la prison, se fit la remarque que ce ne sont pas des questions que l'on pose, surtout dans sa situation... Du haut de la ville il se prit à rêver à la mer, à sa blanche... Marianne, sa femme, sa douce, sa sœur, sa douceur...

On ne l'avait pas laissé téléphoner le soir même, question d'«organisation», de «formalités». Il pensa, pouvoirs intestins, règlements de bureaucrates...

* * *

Lorsque Gabin m'appela, un brouhaha continuel couvrait sa voix. «Où es-tu?», finis-je par demander. «En prison. Viens», supplia-t-il. J'y allai. Une fois, deux fois, d'autres fois encore. Me retrouvai dans une file d'êtres humains, des femmes pour la plupart puisqu'il s'agissait d'une prison d'hommes, issues de milieux modestes, certaines profitant de l'attente pour échanger leurs bottes contre des escarpins, se maquiller, d'autres un bébé sur les bras, un biberon dans une main et un sac dans l'autre. Un monde qui, malgré les apparences, n'a rien à voir avec le monde extérieur. Où la suspicion court comme une mauvaise odeur, où les corps sont raidis sous l'effet de la peur, où les mots sont tus et tout mouvement contenu. Un monde de filtrations et d'infiltrations, où, par une étrange propension des choses, une sorte de contagion, le visiteur se voit assimilé à un délinquant alors que les dits délinquants ne sont encore que prévenus. En mémoire le jeune policier au visage poupin qui m'énuméra en détail les méfaits que Gabin était censé avoir commis. Innocente que j'étais! Et lui, preux chevalier des modernes temps... Tel autre œuvrant dans les étages, aux blagues salaces, visiblement alcoolique, chargé de fouiller les objets qu'on avait laissé passer à la première fouille. Comme il s'y appliquait! Jamais compris pourquoi la sécurité n'arrêtait pas tout au rez-de-chaussée.

L'attente, le désarroi, les fouilles, et surtout, comme s'il eût fallu que les visiteurs paient la partition de leur affection, au moment où l'on arrivait dans la salle de rencontre, croyant en avoir enfin fini de l'obsession du contrôle, cette vitre épaisse qui nous séparait, de part et d'autre de laquelle, à intervalles réguliers, dans des espèces de petites alcôves, étaient disposées des chaises. Impossible de se toucher. Chaque fois que je quittais la prison, c'était avec un sentiment de destruction plus fort, le sentiment d'avoir couru des heures durant dans un tunnel sans issue et d'en ressortir en pièces. À l'instar d'Alice, je ne mangeais ni ne dormais plus. De savoir Gabin dans ces murs, d'attendre chaque soir son appel à heure fixe — il lui était interdit d'en recevoir — de l'écouter se battre pour garder sa ligne — le temps d'appel, les appareils eux-mêmes, se vendaient et se volaient — de sentir son angoisse autant que mon impuissance, me rongeait. Présomption d'innocence, Loi, Justice. Les mots défilaient dans ma tête, me donnant le sentiment d'un monde malade, fou... Ou était-ce moi qui perdais pied?

Je tins le coup, sans doute pour Gabin. Me pliant aux horaires de mon agenda et de la prison, désarticulée, animée par autre chose que moi-même, ultime façon de rester vivant quand tout se dérobe. Quand l'engrenage s'enclencha, qu'on nous avertit que Gabin serait détenu jusqu'au procès, j'entamai la ronde des avocats. En fait de procès il y en eut trois. Au premier, qui décida de tout, je ne fis qu'assister. Il eut lieu, comme les suivants, au Complexe G., insonorisé et moquetté. Ambiance affaires comme on dirait ambiance tango... Lui, Gabin, n'arriverait pas de ce côté-là des choses, me prévint un gardien. Un camion cellulaire le déposerait à l'arrière de l'immeuble d'où il serait conduit jusqu'à la salle d'audience. De fait, il arriva par un couloir arrière, menottes aux poignets qu'on lui enleva dans la salle. Nous ne nous sommes pas même tendu la main — il était là, proche, interdit. Faute de temps, prévint l'avocat, il n'y aurait pas de témoin. Je faillis me lever, demander d'où venait qu'il n'y eût pas assez de temps — qui contrôlait le temps? Mais on parlait déjà d'autre chose. Le juge, semblait-il, était pressé, avait d'autres occupations, importantes, urgentes... Il fallait procéder. Il ne posa pas de questions à Gabin, entama la litanie de la feuille de route qu'il lut en me fixant dans les yeux comme l'avait fait le jeune policier de la prison. De nouveau j'étais construite d'une pièce : ce qu'ils voulaient que je sois, femme amoureuse et innocente... L'alternative m'aurait faite légère ou inconsciente, je n'en doute pas. De même pour les autres : couronne et défense, juge éclairé et délinquant, mauvais vaudeville ne dérogeant ni aux images ni aux idoles. Le plus éprouvant : Réaliser que je ne pouvais rien. Ce qu'on me demandait : Être là. Ma présence seule témoignerait. On pourrait dire, *voyez, il y a bien eu procès, il y avait même un témoin et un avocat*... Au lieu de ce que j'avais imaginé être la justice : tenter de donner du sens aux choses, permettre une parole, dépasser les préjugés... En trente minutes tout fut réglé, le juge parut satisfait tandis qu'on remportait Gabin. Nos regards se croisèrent, nous étions hébétés. Quelques jours plus tard l'avocate nous transmit la décision : *Expulsion du pays pour bris de probation* et *défaut de s'être présenté aux services d'immigration*.

Nous apprîmes ainsi que c'était l'immigration qui le recherchait. L'avocate tenta d'expliquer : Gabin était non seulement *délinquant* mais récidiviste, et comme il n'était pas citoyen malgré dix-huit ans au pays... La bagarre dans la neige figurait au dossier comme *coups et blessures,* la discussion avec la serveuse, du fait du *plea bargaining,* comme *voies de fait.* Pour finir, le juge qui s'était fié aux peines pour déterminer la gravité des actes, et Gabin ayant reçu des peines anormalement sévères, avait conclu à des actes plutôt graves. L'horizon s'était rétréci jusqu'à l'expulsion.

Au deuxième procès, nous obtînmes une libération sous caution en attendant l'appel. Henri et moi nous portâmes garants auprès de l'immigration — dans ces bureaux où je m'étais rendue, des années durant, en compagnie de Graïnne. L'impression que nous n'en finirions jamais, que nous ne serions jamais de ce pays. De retour à la maison Gabin se prostra. Il reprit espoir lorsqu'Henri lui annonça qu'il lui avait trouvé un petit travail d'animation dans son collège pour le mois de mai.

IX

Appel

L'appel eut lieu fin mars, un jour de ciel bas et de neige mouillée. Dans un vaste building vitré, une valse de secrétaires et de gardes de sécurité. Progressivement, je retrouvai le sentiment du premier procès : que la réalité s'était faite fiction. Nous n'étions plus nous-mêmes mais quelques personnages devenus, d'apparente liberté, mais que leurs rôles avaient condamnés. Aux uns les certitudes, aux autres la peur, chez tous, l'inconscience qui s'ignore et l'ignorance qui se dément. Mon sentiment s'accentua lorsqu'on nous informa que la cause de Gabin ne figurait pas parmi les audiences. Les fonctionnaires s'activèrent, le temps s'écoulait tandis que nous les regardions s'y perdre — qu'ils se noient! que les écrans les avalent, que les classeurs les détiennent, que les dossiers les numérisent. Une sale histoire dont nous sortirions bientôt — ne suffirait-il pas de passer à travers la vitre? J'en étais là de mes élucubrations quand un garde nous entraîna dans un labyrinthe de couloirs et d'escaliers jusqu'à une pièce sans fenêtre où des gens attendaient — une atmosphère de voie de garage. L'avocate de Gabin me désigna la représentante de la Couronne : une jeune femme aux yeux en lames de rasoir, boudinée dans sa toge. Nous nous assîmes tandis qu'un homme surexcité s'installait dans le fauteuil qui faisait face à la salle : le juge. Anglophone dans la cinquantaine, cheveux teints et ongles manucurés, qui nous interpella bientôt, disant hésiter s'il devait ou non commencer par la cause de Gabin : *On ne lui avait pas donné l'information pertinente.* Comme nous occupions le premier rang, il se décida en notre faveur. Pas très grave, concluait-il après avoir parcouru le dossier, quand la Couronne, rouge de confusion, jeta en soufflant : «... Président... trom... trompé de dossier». Une imperceptible stupeur paralysa la salle. «Qu'à cela ne tienne, on va recommencer!» de rétorquer le juge, stoïque. Il ouvrait le second dossier quand un garde surgit : la présente salle étant attribuée à une autre cause, il fallait en changer... En silence, nous retraversâmes couloirs et escaliers. Aucun siège dans la nouvelle salle, si bien que tous, y compris l'huissière, se mirent en quête de chaises. Alors le juge s'emporta : Était-ce bien le rôle d'une huissière de promener des chaises!

Onze heures approchait, l'audition recommença. Henri, Gabin et l'avocate de la défense prirent place à la droite du juge. Derrière eux, la représentante de la ligue Anti-drogues, petite femme rousse en robe vert forêt, les jambes gainées de bas noirs. En vis-à-vis, la représentante de la Couronne.

Le juge reprit : Ceci est l'audition de monsieur Gabin Élaria nº 86240 qui est sous un ordre de renvoi afin que monsieur qui est immigrant reçu et condamné à une *série des* infractions criminelles... la liste par la Gendarmerie royale... Monsieur est venu comme visiteur, puis comme immigrant. Il a 42 ans... À son arrivée, au début des années 80, il a travaillé dans une pizzeria, puis il a fait des études en animation. Ensuite il a eu des périodes de chômage, puis il a trouvé un travail d'animateur et ensuite chez un pâtissier. Ici nous avons une pièce à l'effet que Monsieur a trouvé un emploi d'animateur au collège Jeanne Mance, la pièce R6, pour le mois de mai prochain. C'est un portrait global de la situation. Apparemment Monsieur a un problème de toxicomanie. Madame, dit-il en se tournant vers la représentante du collectif Anti-drogues, si vous voulez vous avancer pour que je vous assermente sur la Bible.

La femme sautilla jusqu'à la barre des témoins, le juge procéda puis entama : Combien de temps monsieur Élaria est-il resté dans vos services ? Six mois, avait-elle à peine eut le temps de répondre quand la défense intervint : Si vous permettez monsieur le Président, je spécifie que suite à la liste de pièces que j'avais déjà remises à la Cour je rajoute la pièce R5 intitulée *Rapport à la cour* signée par madame Sauvé, ici présente, ainsi que R8... Le juge soupira, se mit à fouiller dans ses papiers tandis que la Couronne s'interposait à son tour : Je veux aussi ajouter un document. Le juge commenta : Les avocats préparent bien leur dossier ! Tous éclatèrent de rire.

Je jetai un coup d'œil à Gabin, figé dans une immobilité de plomb. Henri se tenait en retrait derrière lui, que je ne voyais pas. Madame Sauvé regardait un de ses bas qui avait filé. La défense reprit : J'ajoute un troisième témoin, monsieur Henri Naiman, ami de monsieur Élaria... À quoi nous avait-on conviés ? Le juge coupa court, revenant au témoin : Est-ce que votre organisme est accrédité auprès du gouvernement provincial ? Madame Sauvé bafouilla : Dans les documents que la défense vous a présentés il y a une lettre du ministère de la Justice... Le juge replongea dans son dossier : À l'effet que ? Visiblement, il ne trouvait pas ce qu'il cherchait, et ça l'agaçait. Je l'entendis à nouveau soupirer, me demandant de plus en plus ce dont il était question — du débat fédéral provincial peut-être! Le témoin tenta d'expliquer : On est reconnu dans le sens qu'on est utilisé, mais on est encore au niveau de la crédibilité. Pourquoi?, reprit le Juge, agressif, que faut-il faire pour être reconnu? La probation a des critères mais elle ne les dit pas, poursuivit madame Sauvé. Ils vous disent pas!, dit le juge en s'esclaffant, c'est quelle sorte... c'est une drôle de façon!

Je crois que j'ai commencé à perdre pied à ce moment-là. Seules des bribes me parvenaient encore : ... *bailleurs de fond... Cité-Québec... la reconnaissance du gouvernement... Des bénéfices à faire... programmes au niveau de l'aide sociale...* Puis j'entendis le juge conclure par un lapidaire : OK. Merci, c'était seulement pour voir, avant de disparaître derrière le couvercle de l'attaché-case qu'il venait d'ouvrir sur son bureau. J'ignore ce qu'il cherchait mais il créa un bruit de fond tel que ce qui se disait devint partiellement inaudible. Qu'aurions-nous pu dire? Faire? La représentante de la ligue hésitait à poursuivre. Allez!, allez, lui dit le juge d'un geste condescendant de la main. Elle reprit : Monsieur Élaria a deux rencontres par semaine, une avec la psychologue du centre de désintoxication depuis avril, et une avec notre organisme depuis septembre. Le juge s'esclaffa à nouveau : Il y a quelque chose que je ne comprends pas, Monsieur vient d'être arrêté pour un vol de nourriture mais la condamnation pour laquelle il est ici aujourd'hui remonte à trois ans! Qu'est-ce que c'est que cette condamnation!?

L'avocate s'énerva dans ses dossiers, la Couronne fit de même qui étala ses documents sur plusieurs tables. Alors, alors seulement, je compris ce que je n'aurais pas osé imaginé : personne, absolument personne, ne connaissait vraiment le dossier. Les accusations dont Gabin avait fait l'objet, celles qui avaient été retenues, l'importance qu'avait joué le *plea bargaining*, tous les ignoraient. Le juge avait à nouveau disparu derrière le couvercle de sa mallette d'où il tirait des livres, des stylos, des chemises. Dans mon dos, je sentais la salle s'agiter, on entendit même un bruit de porte suivi d'un «Hé! doc... sandwich... Oh! Pardon...» Sur les tables les R en tous genres s'amoncelaient, formant des monticules où chacun fouillait avec fébrilité, passant les documents à son voisin : la Couronne au juge, le juge à la défense, la défense au juge. Les échanges se multipliaient, les commentaires fusaient, la confusion grandissait. La Couronne en profita : Moi, affirma-t-elle, j'ai soumis sous R2 un vol. L'avocate se jeta sur ces mots comme sur un os : un vol de fromage et de chocolat dans une épicerie de Saint-Laurent, ce pourquoi il vient d'être arrêté. La Couronne ne démordit pas, se fit hargneuse : La demande est en cours de procédure, aboya-t-elle.

Je me mis à penser à Javert — *Les Misérables* en mauvais *remake*... La Couronne déclara enfin : La cause en cours est un bris de probation qui date de trois ans, lié à la cause de Micheline Durivage, monsieur ne s'est pas présenté à son agent de probation, raison pour laquelle l'immigration le recherche depuis. À ce moment-là madame Sauvé, que tous avaient oubliée, lança comme un pantin surgi de sa boîte : Monsieur Élaria répond très bien au niveau de sa réhabilitation. Il a un appartement, un travail l'attend, et il ne consomme plus... Une bouteille à la mer... Le juge dévia de nouveau : Vous faites des tests? Elle se redressa pour dire : Notre but n'est pas que la personne cesse de consommer mais qu'elle se responsabilise. Nous savons reconnaître quand quelqu'un consomme. Le juge sourit d'un air entendu avant de demander : Combien de fois avez-vous rencontré monsieur Élaria depuis septembre? Comme je l'ai dit, chaque semaine.

La Couronne entreprit alors de faire dire à madame Sauvé que Gabin pouvait rechuter à tout moment, puis elle déplaça le débat : Dans un document que j'ai produit, indiqua-t-elle, le R3, les agents du gouvernement provincial (elle tendit une feuille au juge), considéraient, il y a trois ans, que les thérapies n'*ont* pas réglé le problème de fond de monsieur Élaria, qui serait de nature affective. Je vis le juge sursauter : C'est quelle date ça ? dit-il en interpellant vivement le témoin. Est-ce que monsieur Élaria vous a fait part de problèmes affectifs dans le cadre des démarches qu'il entreprend avec vous ?, reprit-il à l'adresse de madame Sauvé. Celle-ci demeura silencieuse. Elle paraissait stupéfaite par la question — ou était-ce moi ? Elle risqua : Il a des problèmes affectifs comme tout le monde. La Couronne attaqua : Parce que ça n'apparaît pas dans le *Rapport à la cour* que vous avez signé. Vous ne faites pas état des problèmes affectifs de Monsieur. Je dévisageai la jeune femme, les yeux plissés dans un visage poupon, ses mains surgissant de la toge comme les poings d'un nourrisson en colère. Le juge déplaça de nouveau le débat : Je remarque, dit-il, que la rééducation *était* depuis avril. C'est tout ? L'avocate, entre-temps, s'était perdue, qui finit par murmurer : Si vous voulez orienter vers la question de la rééducation, je vais faire témoigner monsieur Naiman.

Mais les mots semblaient s'être vidés. Nous nous débattions dans une cacophonie — un état de catastrophe. Le juge reprit, moqueur : Ah ! oui. Parce que monsieur Naiman va témoigner à l'effet que monsieur Élaria fait des efforts pour se rééduquer ! L'avocate fit une dernière tentative : Je pense qu'il est important de souligner que monsieur Élaria n'est pas seul dans la vie, que des gens l'entourent. Monsieur Naiman est professeur au collège Jeanne-Mance, et critique d'art... À nouveau, le juge commenta : Ah ! C'est deux métiers... Puis il trancha : Mais tous ces éléments étaient là avant, monsieur Élaria avait déjà de l'aide et du travail. Et décida : En ce qui concerne monsieur Naiman c'est inutile qu'il témoigne. On peut prendre pour acquis qu'il a témoigné qu'il est prêt d'aider monsieur Élaria... C'est un ami proche, enseignant et critique, on peut accepter ça — voilà est-ce qu'il y a d'autres choses ? L'avocate qui venait de perdre son seul témoin — je le réalisai à cet instant — mit un long moment à réagir : Non, je vais maintenant faire témoigner monsieur Élaria.

Gabin s'avança. Le juge entama : Vous êtes l'appelant dans cette cause, monsieur Clément Gabin Élaria, vous habitez toujours rue Shakespeare à Montréal ? Gabin marqua une imperceptible hésitation avant d'acquiescer précipitamment comme s'il eût voulu que tout aille vite, très vite. À sa voix, à la façon dont il triturait son mouchoir, je savais qu'il transpirait de froid, paralysé par la peur. Allez !, dit le juge d'un ton glacial. Gabin répondit aux questions de la défense : Il n'avait jamais consommé de drogues avant d'immigrer, il n'avait pas de casier judiciaire dans son pays d'origine, il était venu au Canada pour rendre visite à un ami, fuyant la répression militaire. L'avocate l'invita à préciser : Qu'est-ce qui vous a poussé à rester au Canada ? J'ignore les pensées qui le traversèrent à ce moment-là, son visage se ferma, sa bouche trembla. À son égarement, je l'imaginai : tout cela remontait à tant d'années et il avait tant fait pour oublier. Sa mémoire s'était dissoute, dissolue, comme il disait parfois — *à vie dissolue*... Il se mit à bégayer. À présent, le mouchoir qu'il tenait dans ses mains était trempé. Il finit par dire : Parce que tout était nouveau... Mon père... américain... Le juge se remit à soupirer. Gabin poursuivit malgré tout : Je suis parti pour des raisons politiques. Je travaillais dans une station de télévision où les animateurs avaient été battus. La station avait fermé, mes confrères ont décidé de quitter le pays, moi aussi. L'ami que j'avais ici m'a trouvé un travail à la pizzeria McGill.

Tandis que Gabin parlait, le juge, qui s'était replongé dans ses documents, parut avoir trouvé ce qu'il cherchait : Je vois *voies de fait* ici, et *proférer des menaces*, lança-t-il avec violence, de quoi s'agit-il ? Parce que si c'est seulement quelques vols et amendes pendant les années 80, c'est une chose. Mais depuis les années 90 il y a *voies de fait* et *proférer des menaces*. De quoi s'agit-il ? Pour lui donner une chance par sursis... Qu'est-ce que j'ai là ?, dit-il en extirpant une feuille des autres. Ah ! le procès-verbal... Bon, c'est la liste des condamnations de la Gendarmerie royale... Agité, les cheveux hirsutes, brandissant les documents comme une menace, il avait l'air de se battre contre ses propres fantômes.

Quelque chose en vue... Une chance par sursis... Je le dévisageai, dubitative. L'avocate de la défense reprit l'intervention du juge à l'intention de Gabin : Pouvez-vous nous parler de ces voies de fait ? Il s'expliqua : Martine Sinclair était mon amie. Un soir, comme j'étais loin de chez moi, je l'ai appelée. Le juge fit de l'humour : Vous l'avez rencontrée par téléphone !? Gabin corrigea, énervé : Je l'ai appelée au téléphone. Oh, vous avez appelé !, commenta le juge. Quand je suis arrivé, reprit Gabin, comme elle avait une colocataire, elle ne pouvait pas me recevoir. J'habitais loin, c'était l'hiver, je n'avais pas d'endroit où dormir. Elle est venue avec moi à l'extérieur et on a commencé à se battre. Les voisins ont appelé la police. Voilà.

Les explications se poursuivirent un moment. Madame Sinclair a été blessée ?, demanda le juge. Pas du tout, elle est ceinture marron... précisa Gabin, d'ailleurs ce n'est pas elle qui a porté plainte, c'est son frère... Elle a même retiré la plainte au procès car elle considérait qu'elle était aussi responsable que moi. La défense confirma ces éléments. Mais il y a une autre voie de fait, reprit le juge, un an après, contre... Karin Boisvert, au restaurant Natur. Gabin s'interposa : Il n'y a pas eu de voies de fait non plus. Je suis allé à ce restaurant pour manger. C'est un self-service et j'ai pris un morceau de pain avant de payer. La caissière m'a dit que je devais payer avant. J'ai dit *Ah! oui c'est correct, j'allais le faire*, puis bon, j'ai payé mais je ne sais pas, elle s'est emportée, alors j'ai porté mon bras comme ça (il leva le bras) pour la calmer un peu, genre lui donner une tape dans le dos *calmez-vous il y a rien là*, puis j'étais avec une amie, on est allé dans la salle pour manger et la police est arrivée en me disant *Monsieur vous êtes en état d'arrestation pour voies de fait*. La caissière avait appelé la police en disant qu'elle avait peur de moi! Je ne l'avais ni touchée, ni menacée. Mais la police avait déjà un dossier.

Et la dernière, il y a trois ans? s'enquit le juge. Gabin resta silencieux. Vous ne vous rappelez plus?, insista-t-il en se tournant vers la défense : C'est une autre affaire domestique? L'avocate parut aussi décontenancée que Gabin. Ce fut la Couronne qui intervint : il s'agit d'une *interdiction de communiquer avec Micheline Durivage*. Gabin s'expliqua : Micheline Durivage était mon amie. Elle est directrice de publicité. On était en dispute parce qu'elle voulait que je la ravitaille mais je n'avais rien. Un soir je suis allé chez elle pour récupérer mes affaires, mais elle ne voulait pas me les donner. Alors je l'ai poussée et j'ai pris mes affaires et un de ses colliers pour payer ce qu'elle me devait. Mais je n'ai pas porté la main sur elle. J'ai eu *entrée par effraction*, *vol* et *voies de fait*. Le juge, comme soulagé, donnant l'impression d'en être arrivé à une conclusion, se prononça : Bon, le problème c'est pas la toxicomanie, c'est pas le vol. La *toxicomanie* en soi n'est pas un motif *de* renvoyer quelqu'un, en soi, vous comprenez, dit-il en s'adressant à la défense qui protestait, j'essaie de *focuser*. Ce qui me concerne ce sont les violences qu'il a exprimées, de manière légère selon lui. L'avocate de la défense dit avec lassitude : Il n'y a pas eu de voies de fait. C'est ce qu'il dit, remarqua le juge, mais il a une conjointe de fait, et il n'est pas criminalisé... De nouveau, il se tourna vers l'avocate : Avez-vous des témoins pour se prononcer sur la violence ? L'avocate, qui n'avait rien préparé sur ce point, se fit agressive : Vous voulez des témoins qui disent que sous l'effet de la cocaïne on ne devient pas violent, je pense que madame Laune pourrait vous en parler, dit-elle en me désignant. Le juge se tourna alors vers Gabin qui s'était levé : Vous aurez toutes les chances de parler, Monsieur. Je ne suis pas tellement impressionné, je dois dire honnêtement *jusqu'au moment*. Le silence s'installa.

Ma stupéfaction virait au désarroi. À son habitude, le juge changea de sujet : La question suivante est de savoir où vous avez habité avant le mois de juin, dit-il à Gabin. J'habitais au 921, Shakespeare. Il releva alors, exaspéré : Vous habitiez, avant juin, à la même adresse que maintenant ? Gabin trembla : Non. J'ai effectué le changement d'adresse à la cour, reprit-il d'une voix cassée. Le juge reprit, hors de lui : Alors, si vous avez déménagé et qu'avant vous avez habité rue Shakespeare, où est-ce que vous habitez maintenant ? Tout dérapait à nouveau. J'aurais voulu m'enfuir, disparaître. Gabin, comme pris de stupeur, répondit : Ruelle Lachine, j'ai fait le changement à la cour. L'autre poursuivit avec virulence : L'adresse ? Ruelle Lachine, 6002, déclina Gabin. Visiblement, le juge était furieux et, furieux, il se mit à tourner les pages du dossier. Puis il éclata : Je vous ai demandé, quand je vous ai assermenté, où vous habitez. Vous avez répondu, rue Shakespeare. Je prends ça au sérieux Monsieur. Vous avez répondu, rue Shakespeare. J'ai la cassette ici et il y a des témoins. C'est un parjure. Gabin essaya en vain d'expliquer : C'est parce que je pensais... Il s'interrompit. Nous étions dans un labyrinthe, les ramifications s'étaient multipliées, l'opacité s'épaississait.

Ce fut à mon tour de témoigner. Je n'apportai rien de nouveau. À l'instar de l'avocate, je tentai de souligner que les voies de fait avaient relevé de l'interprétation policière et du *plea bargaining* et non de violences réelles, fis valoir que Gabin avait arrêté de consommer et qu'il s'était trouvé un appartement et un emploi. J'ajoutai que nos institutions de santé et sociales, me paraissaient au moins aussi responsables d'une situation qui n'avait cessé de se détériorer : impossible d'obtenir un rendez-vous à l'hôpital, de bénéficier d'un soutien psychologique, de recevoir une aide alimentaire dans des délais raisonnables... La Couronne se mit alors à me questionner avec la même hargne qui l'animait depuis le début : Tantôt, commença-t-elle, monsieur le Président vous a décrit comme la fiancée de monsieur Élaria, vous avez protesté, vouliez-vous dire que vous n'êtes pas dans une relation privilégiée avec monsieur? Première attaque que je contrai : Non. Simplement le terme m'a paru désuet. Je suis véritablement engagée avec monsieur Élaria. Elle reprit, moins sûre : Depuis quand êtes-vous au courant que monsieur Élaria pourrait faire l'objet d'une expulsion du Canada? Dès qu'il l'a su il m'en a parlé, dis-je. Je me suis d'ailleurs portée garante avec monsieur Naiman, auprès des services d'immigration, parce que j'avais confiance, précisai-je. Elle entreprit alors de me faire dire que les échecs de Gabin tenaient à sa mauvaise volonté : En période de récession, entama-t-elle, je pense qu'il devrait y avoir des psychothérapeutes prêts à travailler, je ne comprends pas vos difficultés. Décidément, elle était *teigneuse* — mot de ma grand-mère qui me rasséréna. Je décrivis calmement la situation : Une psychothérapie en privé est inabordable pour quelqu'un qui est au chômage. Or le service public est débordé. Par ailleurs, monsieur Élaria n'a pas accès aux services hospitaliers car étant sevré, il n'est pas considéré comme un cas urgent.

De façon brusque et inattendue, le juge mit alors fin à mon interrogatoire : Merci madame. Je crois qu'on va rappeler monsieur pour que la Couronne voit la possibilité de faire *une* contre-interrogatoire. Je croisai Gabin, perçus la lassitude dans tout son être, son corps qu'il avait voûté, ses yeux rivés au sol. À la demande de la défense, il évoqua son passé : C'est lourd... Je vis avec. Je vis très mal encore aujourd'hui parce que j'en subis les conséquences. Je ne savais pas que l'immigration me recherchait sinon... Je le regrette, dit-il, oppressé.

Vous saviez que vous deviez vous présenter toutes les semaines à la police, vous deviez vous douter que si vous ne vous présentiez pas, on vous rechercherait? interrogea la défense. Gabin s'expliqua : Je n'ai pas pensé cela, le tribunal avait statué *voies de fait* mais je savais qu'il n'y avait pas eu de voies de fait... Je n'avais rien fait à Micheline, je n'ai jamais rien fait à personne d'ailleurs... donc ça n'était pas si grave. Quant au collier, je devais de l'argent pour elle à un *dealer*. Je n'en pouvais plus, j'ai quitté pour les États... L'avocate conclut : Qu'est-ce qui pourrait convaincre le Président de ce tribunal, aujourd'hui, que vous ne recommencerez plus si l'ordonnance est suspendue ou annulée? Gabin se perdit à nouveau, jeté dans la confusion. Il transpirait, torturait son mouchoir, parlait si bas qu'on l'entendait à peine. Sa voix s'amenuisa au point de devenir inaudible :... avant j'étais aux prises avec le problème de toxicomanie mais je suis abstinent depuis un an... et depuis trois ans je n'ai plus de problèmes de justice... Il y a trois semaines, j'ai volé parce que j'avais faim. Voilà... Je ne veux pas recommencer où j'étais, c'est trop dur... L'avocate revint à la question du pays : En quoi êtes-vous attaché au Canada ? Ça fait dix-huit ans que je vis ici, expliqua Gabin, il y a les affections avec les gens, les lieux, c'est... mon pays. Je ne suis jamais retourné... Et puis pour Marianne. Je suis attaché au Canada pour Marianne... Je sentais qu'il s'arrachait les mots. Il était à bout. Je l'entendis répéter : C'est mon pays... Puis ce fut le silence. La défense mit fin à son interrogatoire : Je n'ai pas d'autres questions monsieur le Président.

Ce dernier, l'air sauvage, surgit alors de ses papiers en s'écriant à l'adresse de Gabin : Votre code postal ? Je sursautai. Gabin répéta pour la énième fois : J'ai versé ça à l'immigration, Montréal H3S 1V1. Le juge se reprit : Peut-être j'ai mal ent... Asseyez-vous, asseyez-vous... La défense risqua : Il n'y a pas de document de contrôle qui donne... ? Si, expliqua la Couronne, mais c'est un autre département qui garde le dossier, alors ils ne consignent pas à chaque fois que Monsieur vient, seulement s'il fait défaut. Pour une fois, la défense ne manqua pas l'occasion : Cela veut donc dire que monsieur Élaria s'est *toujours* présenté, appuya-t-elle. Ça se pourrait, répondit laconiquement la Couronne qui poursuivit à l'adresse de Gabin : Quand avez-vous entrepris votre première thérapie ? Il y a onze ans, répondit Gabin, je suis allé au Recours en *day care*. Elle joua alors l'étonnement : Donc vous n'avez pas réussi à régler votre problème depuis onze ans ! Onze ans de thérapies qui n'ont pas abouti, insista-t-elle. Sans doute parce qu'il venait de sentir le piège se refermer, Gabin redevint confus : Je n'ai pas poursuivi parce que la méthode était... militaire. Ils nous faisaient mettre par terre... à quatre pattes, nous humiliaient... Je ne supportais pas. Sur ces mots, la Couronne s'empourpra. Quel âge avait-elle ? Vingt-six, vingt-huit ans ? D'une voix anxieuse, le souffle court, elle releva : En militaire ? Gabin tenta d'expliquer :

Ils nous faisaient revêtir des vêtements ridicules et puis... Sa voix resta prise dans un souffle : J'allais mourir... je ne pouvais pas, c'était comme quand j'étais jeune... je souffrais. De nouveau, ce fut le silence. Le juge reprit : Mais vous n'avez repris votre thérapie qu'en avril dernier ? Gabin tenta à nouveau de parler : J'ai tenté d'autres choses entretemps. Je suis allé à La Maisonnée mais ces organismes offrent des démarches violentes, dures. Ça me rappelle trop mon passé. Je ne peux pas. L'exaspération gagna de nouveau le juge : Mais sérieusement, quelles démarches *sérieuses* avez-vous faites ?

Au ton du juge, j'eus le sentiment que la haine s'était glissée entre les deux hommes. Gabin, bafouillant, tenta de reprendre : Quand j'ai commencé en désintoxication c'était... Le juge s'emporta aussitôt : Mais *sérieux*? Avez-vous fait des *démarches sérieuses*? Si oui, quelle année et pour quelle période? C'est une simple question. Gabin baissa le visage, s'épongea le front. Tout ce qu'il était, ce qu'il aurait pu dire, se dérobait. Je sentais qu'il était perdu, perdu à l'intérieur de lui-même, de ce tribunal, de ce qui avait eu lieu. Je revoyais en pensée ce qu'il m'avait raconté : son grand-père, les religieux et les militaires, les dressages en tous genres... Les années se confondaient, la vie s'évanouissait, on allait l'expulser. La pensée de la mort l'avait envahi... Il y eut un long silence. J'ai cru que tout était fini, quand je l'entendis reprendre d'une voix monocorde, lente et sourde, qui parut venir d'outre-tombe : Je suis allé comme j'ai dit, à La Maisonnée. Puis après au Rucher. Le juge s'étonna. Le Rucher, c'est le nom d'un autre endroit, précisa Gabin, mais c'était comme j'ai dit, trop dur. Ensuite je suis allé à Parcours où j'ai été vu en externe. Glacial, le juge l'interrompit : Vous avez poursuivi ces, ces thérapies? Quelle a été la période la plus longue? redemanda-t-il. L'interrogatoire virait au harcèlement. La période la plus longue remonte à la première cure de désintoxication, je suis resté en externe pendant plusieurs mois, repondit Gabin, et cette fois-ci, j'ai commencé en avril, ça fait presque un an. Le juge, de nouveau hors de lui : Mais avant? C'est très simple, Monsieur, la question que je vous pose. Plus il s'emportait, plus Gabin s'éteignait, disparaissait, qui répondit comme une machine : Il n'y avait pas de période longue.

La Couronne mit à profit sa fragilité : La première infraction, dit-elle, fait aussi référence à France Deschênes. C'était qui? Justement, répondit Gabin qui parut soudain reprendre vie, France Deschênes était la colocataire de Martine Sinclair. C'est pourquoi celle-ci n'avait pas voulu me laisser rentrer... Le juge n'écoutait plus : Et votre adresse? redemanda-t-il. Tous le regardèrent. Hirsute, les yeux exorbités, il s'était remis à sortir des objets de son attaché-case, les disposant alentour de lui à la façon d'un vendeur ambulant : dossiers, règle, livres... J'achète!, entendit-on alors tandis qu'un silence de stupéfaction immobilisait la salle. Tous se retournèrent, mais la parole, si incongrue, avait été lancée avec tant de promptitude que personne ne savait qui l'avait prononcée. Avait-on bien entendu?

Les gens qui composaient l'audience, attendant les procès suivants, se levèrent alors, provoquant une sorte de brouhaha qui se transforma peu à peu en un grondement doux mais puissant. Les mains du juge — on ne voyait plus qu'elles de part et d'autre de l'attaché-case — tremblaient, la Couronne qui toussait depuis plusieurs minutes, suffoqua, quant à l'avocate de la défense, effondrée sur son siège, elle ne disait plus mot. Les visages des gens étaient graves, fermés. Il y avait deux hindous en turban, des noirs, une femme voilée, un mélange de couleurs et de nations, les voix fusaient dans des langages incompréhensibles. Le gardien de sécurité, jusque-là installé en vigile près de la porte de sortie, gagna l'estrade. La sé... sécu... répétait-il dans son téléphone muet. Les rares fois où la tête du juge apparaissait de derrière son attaché-case, ses yeux roulaient furieusement en fixant le vide. Madame Sauvé s'était remise à regarder son bas filé. Seule la Couronne persévérait, brandissant le poing et soufflant comme un petit cochon. Je croyais rêver lorsqu'un mugissement traversa la salle. Un rhinocéros! hurla quelqu'un. On entendit des cris, puis des bruits de chaises qu'on renverse. Rêvais-je? À ce moment-là, le juge se mit à *déparler* tout à fait : Mais vous que ça c'est là? Gabin le regarda, sidéré, avant de se lever de sa chaise pour demeurer debout, immobile, les bras ballants. La Couronne se mit alors à battre l'air de ses bras dodus, le garde de sécurité à courir en direction de la sortie, j'imaginai une soubrette en panier d'osier égarée d'une salle de cinéma avoisinante du complexe : bonbons, caramels, esquimaux glacés...!, et madame Sauvé dansant le french cancan. Ne manquait qu'une cantatrice...

Il y eut encore les plaidoiries. Mais oui! La Couronne, plaida la violence faite aux femmes... Je ne compris qu'alors qu'en cela seulement résidait sa question, et depuis le début... J'étais donc si naïve! La défense souligna quant à elle, que Gabin ayant fait sa vie au Canada, était canadien de fait : Pourquoi donc le menacer d'expulsion comme un étranger ou un immigrant récent? Maladroitement, elle rappela que l'important n'était pas l'abstinence mais la responsabilisation. Alors le juge, comme dans un mauvais rêve, se leva et, arpentant l'estrade, se mit à répéter à voix haute, comme s'il était seul : Une *cure fermée*, à *long terme* — *sérieuse...*

Un procès avait eu lieu — d'opérette? de boulevard? Dans le lointain, les échos d'une sirène.

X

Toxiques

Nous quittâmes la salle d'audience en silence — la piste *surréelle* et multicolore. *La toxicomanie n'est pas un motif de renvoi... Une chance par sursis...* Boulevard René-Lévesque, alourdi de neige, nous errâmes entre les buildings, leurs ombres projetées. Un autre froid nous habitait tandis que nous divaguions à la recherche de trottoirs imaginaires. Gabin me laissa au coin de Beaver. Marcher, respirer, après le tumulte et l'air raréfié. Je suivis l'avenue jusque dans l'Ouest, remontais vers Concordia quand une vitrine m'arrêta : des Riopelle. Les lieux étaient silencieux, apparemment déserts, dans l'ombre du soleil sur son déclin. Je me risquai dans la galerie, entre les tableaux. Des noirs et des blancs. Ruptures, isolation. Ou vie, dynamique, élan. Des étendues et des chemins comme autant de voies inexplorées livrées au temps et à l'espace et conviant à l'extrême danger où la vie peut porter — des arêtes où, tel un funambule sur un fil, on titube au risque de disparaître, englouti. Un homme surgit qui me dévisagea et disparut. Longtemps, je déambulai devant *Cap au Nord*, empruntant ses surfaces brisées, longeant ses lignes jusqu'à leurs crêtes, cherchant quelque à-plat où faire halte comme s'il se fût agi d'un lieu géographique avec lequel j'aurais dû me familiariser, me retrouver moi-même autant qu'il était lui-même. J'aime l'art qui mène là où l'on ne se serait pas risqué seul, met en contact avec ce qui a eu lieu mais a disparu. Danser, entrer dans le mouvement à la recherche du corps perdu : *Nous sommes des statues qui attendons d'être animées,* disait madame Landau, notre prof. de place Blanche, *qui ont été sculptées un jour, puis abandonnées.* Retrouver le corps et s'en faire l'instrument, la caresse et les heurts, les moulages et les défaites, les mouvements qui ont été retenus et les autres, esquissés ; ou interrompus, torturés ; ou douloureux, cassés. Écouter. Mots décomposés en rupture de vie, syllabes égarées en traces du passé qui s'égrènent à l'oreille, s'y déposent en attendant d'être entendues, recueillies. Nous n'inventons pas mais recréons quelque chose qui a été, s'est empreint et dérobé, lui redonnons vie, autrement. Noirs, blancs. Fixité des choses en des périodes glaciaires. Exilés ou transbordés cap au nord, nos morts et nos disparus enfouis en nous dans leurs rubans de glace. Noirs, blancs. Sud, Nord. Je quittai la galerie sans plus voir personne.

*   *   *

Les semaines passèrent. Début mai, la ville explosait. De verdure, de chaleur, des autoradios. Déguster des *smoked meat* ou autres *delicatessen* en déambulant sur le boulevard Saint-Laurent, paresser aux terrasses de la rue Saint-Denis — tout semblait bon. Gabin avait commencé à travailler, en était joyeux. Le soir, il ramenait des fleurs, du vin. Jusqu'à ce jour où j'ouvris la porte sur son visage hagard, son corps convulsé. Il avait l'allure sauvage des animaux sauvages. Ses mains tremblaient, son corps se tordait, il suffoquait. L'avocate et moi avons lu et relu le motif invoqué par le juge : *rien, dans le comportement de monsieur Élaria n'indiquait que ce dernier eût notablement modifié son style de vie...* « Jamais vu quelqu'un avoir autant de malchance, laissa tomber l'avocate, comme s'il avait toujours tout manqué à quelques jours près. » Quelques jours... Le bateau de son père... Ce que j'appréhendais depuis plusieurs semaines se produisit. Gabin disparut. Quand il revint, une semaine plus tard, je le reconnus à peine tant il avait maigri. Son visage émacié, les orbites creusées à l'extrême, l'ossature saillante des pommettes, le corps qui portait des plaies à plusieurs endroits.

Les jours qui suivirent furent une nuit sans fin au bout de laquelle, fixée à un mois, attendait l'expulsion. Mais Gabin s'était déjà perdu. Il errait dans la maison, préparant des mixtures qu'il fumait ou, plus rarement, s'injectait en s'enfermant dans la salle de bains. À intervalles réguliers il sortait au dehors et revenait. Il ne me regardait plus ou me regardait sans me voir, ses yeux glissant sur moi comme si je n'avais pas été là. J'avais peur. Je sentais qu'il était passé de l'autre côté des choses, là où la souffrance est telle qu'elle fait tout oublier, où l'anéantissement devient préférable à la vie. Il ne voulait plus vivre, et devant l'ampleur de cette chose qui l'envahissait, le moindre de mes gestes paraissait aussi mesquin qu'insensé. De mon côté, j'éprouvais progressivement la sensation de ne plus exister. Comme si se détruire ainsi qu'il le faisait, en effacement de sa vie, était négation de toute vie. Ainsi m'avait-il emportée. Au bout de quelque temps, non seulement ne me reconnaissait-il plus, mais il avait perdu tout sens du réel, soulevant les rideaux, regardant derrière les meubles, se cachant dans les coins des pièces et sous les meubles où il se mettait en position fœtale et restait immobile, des heures durant, proférant des sons incompréhensibles ou délirant à propos de bêtes noires. Il y a des *bêtes noires*, disait-il, des bêtes noires, là, désignant les murs comme s'il y avait vu se déployer des colonnes de cafards, du *sang sale*, il s'époussetait à grands coups comme si ces derniers avaient grimpé sur lui. Je le regardais faire, en plein désarroi : « Enlève tes vêtements, nous allons tout laver », finis-je par proposer un après-midi, espérant le délivrer quelques heures. Nous passâmes une nuit et une journée à faire des lessives. Cela parut le calmer, il s'endormit le soir suivant, vêtu de mes vêtements. Moi-même qui ne dormais presque plus depuis qu'il était revenu, m'étendis habillée sur le divan du salon. C'est au milieu de cette nuit que je fus réveillée par des bruits. Comme il en avait pris l'habitude depuis son retour, il s'était enfermé dans la salle de bains. J'ignorais ce qu'il faisait, avalait, s'injectait. J'avais l'impression qu'il avait ramassé et consommait tout ce qui traînait comme drogue en ville. Au bout de deux heures il finit par ouvrir, titubant. À défaut de pipe il en avait fabriqué une avec l'intérieur cartonné d'un rouleau de papier toilette qu'il avait recouvert d'aluminium et percé. Il aspirait par une extrémité, bloquant l'autre de sa main qu'il relâchait par à-coups. Je le regardais faire, pétrifiée, jusqu'à ce que je réalise qu'il perdait du sang : il s'était ouvert les veines. J'ai appelé l'urgence. À l'aube, le médecin me dit qu'il était si maigre et avait perdu tant de sang qu'il ne savait pas s'il vivrait. Ça a duré le jour durant. Je ne sais pas comment la police apprit son hospitalisation. Lorsque je retournai à l'hôpital en soirée, l'infirmière m'avertit qu'il avait été transféré à l'infirmerie de la prison. J'étais folle, de rage et d'inquiétude. Dans l'état où il se trouvait, je le savais capable de tout. Je demandai à parler au médecin responsable : absent. J'insistai : de toute façon je n'étais pas de la famille. Mais il n'avait pas de famille... À la prison même mur : on était dimanche...

*   *   *

Lundi. De nouveau les barreaux derrière les fenêtres, les barbelés. Marianne... Marianne..., souffla-t-il. Où se trouvait-il ? Il se rappelait un hululement de sirènes, puis rien, du noir, enfin des lumières, des résonances. Il se leva, tout tournait, marcha dans la petite pièce, appela en vain. Sur une petite table il trouva une tasse de café et des toasts, froids. Il mangea la portion de confiture, recracha le café. Puis il se mit à regarder le ciel et la ville, quatorze étages plus bas : Montréal, *son* pays... L'infirmerie de la prison, c'était là qu'il était. Crier — il n'en avait pas la force. À présent, ils le garderaient jusqu'à l'expulsion, le conduiraient menotté dans l'avion. Il ne reverrait plus ni Montréal, ni Henri, ni Marianne, rien de ce pays qui avait été sien pendant presque vingt ans, rien de ceux qu'il avait aimés — rien. Comment... Il était en train de comprendre — *la vie de force*. Pourquoi avait-il toujours été trop tard ? Pourquoi l'avait-on remis en vie ? Pourquoi le jetait-on aux loups ? Un pays où la misère était telle qu'on y pillait les tombes... *Son* pays ! *Bâtard d'Américain, enfant de personne, venu de nulle part...* Ça lui revenait comme une plainte, un chant lancinant. Sans même s'en rendre compte, il se mit à se frapper la tête sur la vitre, scandant dans un murmure : Marianne, ma Marianne, enfant des Lumières et de la liberté, un champ de Marianne, comme de coquelicots rouges au champ d'honneur, Marianne, ma Marianne..., quand un garde entra : on vous demande au parloir.

Un afflux de sang chaud lui monta au cœur, inonda sa poitrine. Ce ne pouvait être qu'elle. Il suivit le garde pas à pas jusqu'au parloir, entra et regarda, regarda encore avant de l'apercevoir au fond de la salle se dirigeant vers lui. Ses cheveux avaient poussé, lui sembla-t-il. Il se fit la remarque que c'était ridicule en une nuit!, s'enfonça dans ses yeux graves et gris au fur et à mesure qu'elle avançait, se dirigea en face d'elle, en face mais de l'autre côté de la vitre — de l'autre côté. Détruire. Elle respirait mal, il le vit, elle étouffait. La prison, ses murs. Comme avant, en un geste de tendresse ultime, il appuya ses mains de chaque côté de la vitre, l'invita à faire de même, se pencha : «Respire avec moi, dit-il, inspire, doucement». Elle avait les larmes aux yeux, il s'en voulut tellement : «Pardon, dit-il.» Sa voix se fit souffle. Il baissa la tête. «Ce n'est pas grave», répondit-elle. Les larmes déboulèrent sur ses joues. Elle était belle, *sa blanche*, dans toutes ses larmes et sa figure défaite, dans sa robe noire, l'été revenu, *de ces robes comme on n'en fait plus, décolletée, cintrée à la taille et tout en plis dans la jupe... couleur de toutes les sensualités depuis qu'enfant...*, dans laquelle il l'avait connue... *Ses seins comme melons...* le jardin d'Espe, la nuit..., il y avait presque un an. Souvenirs fugaces. Elle était belle, et vive — comme l'eau. Elle se mit à lui raconter qu'on l'avait fouillée comme d'habitude, au détecteur au rez-de-chaussée, en file avec les autres, et puis en haut, qu'elle était retombée sur le gardien aux blagues salaces, qu'elle avait essayé de lui amener des oranges et des biscuits mais qu'on les lui avait confisqués : «contrôle du trafic», avait justifié l'homme. Est-ce qu'elle avait piqué les oranges à l'éther?, bourré les biscuits de coke! Elle sourit amèrement. Elle avait cessé de pleurer à présent, les larmes avaient tracé de petits sillons blancs sur ses joues. Puis elle lui dit qu'il fallait tenir le coup, puis d'autres choses encore, par exemple qu'ils vivaient ce que les modernes appellent le «paradoxe de la modernité»... — son sourire désabusé disant ces mots. Il ne comprit pas ce qu'elle voulait dire. Lui, il aurait simplement voulu la prendre contre lui et la conduire une fois encore sur les rivages lointains qu'ils avaient parcourus ensemble, se donnant la main, sauvages comme la forêt et étals comme les étendues maritimes, ces côtes aux bateaux de pirates imaginés par leurs mémoires d'enfants. « Je t'aime », dit-il. Elle s'excusa d'avoir pleuré. Mais pour lui, elle était un soleil, Marianne. Un soleil. Il pensait, sans oser penser, que dès qu'elle serait partie ce serait la nuit, une nuit folle et interminable — insupportable. Qu'il se sentirait tout à fait seul. Pour cette raison, c'était terrible de la voir, de l'entendre — car la mort le tenait. Mais il ne voulait pas le montrer. Elle était déjà si à bout Marianne, il lui en avait tant fait. Mais comment résister dans la puissance infernale de la prison ? La violence du contrôle. Parois murs vitres, barreaux portes grilles — tout ce qui isole. Ou promiscuité forcée. Il en avait fait l'expérience jusque dans sa chair — de la violence au viol... Les plus durs s'en sortaient, fidèles à ce qu'ils étaient, les autres ne seraient plus jamais les mêmes, certains restaient meurtris à vie. Lui, ne supportait plus, mais ne voulait pas y penser. Seulement Marianne et ses graves yeux gris, elle qui l'avait accompagné jusqu'au bout. L'aimait-elle donc ? « Marianne, dit-il encore, pardonne-moi. Je t'aime jusqu'au fond de moi. » De nouveau elle eut les larmes aux yeux puis elle reprit : « Maintenant il faut que tu penses au départ. Là-bas tout peut recommencer... À ce que tu veux avant de partir... ta valise... et qui je dois prévenir... je vais me renseigner pour l'aéroport... » C'était l'heure de la fin des visites. Ils rapprochèrent leurs mains de part et d'autre de la vitre. « Prends soin de toi », dit-elle. « Je... », entama-t-il. Ses mots se perdirent. Elle se leva, se détourna. Il la vit s'éloigner vers le fond de la salle, puis son sourire encore dans un dernier mouvement de tête, son regard, sa main. Elle avait disparu. Il se retrouva seul, enfermé au sommet de la ville, des mots en tête et son visage. Puis d'autres visages... et prévenir les gens... et des années... Et l'errance, le froid... Et les rires, la danse, la musique, les soirées transhomo-hétéro du Plateau, les Argentins en cuir et les dealers, la dope, la prostitution. Il eut envie de vomir... amener des oranges... «Allez, avancez», jeta le gardien.

Plus tard dans l'après-midi le garde revint : «Vous voulez aller en promenade?» Il acquiesça. C'était dans quelques minutes, il savait, le temps compté de la prison, on fait du temps, son temps, temps hors du temps... Les souvenirs continuaient d'affluer : les petits boulots, les patrons de restaurant qui exploitent à cinq dollars de l'heure, les longues courses à pied dans la ville glacée, et puis les travailleurs sociaux, les psy... Sa vie défilait dans sa tête. Il ne savait comment mais sentait que c'était la fin, qu'il ne pouvait plus avancer... Un nouveau pays, *peut-être que*... Espoir de Marianne, il n'y croyait pas. Après tout ça... Le vide s'empara à nouveau de lui, plus vaste, plus profond que de coutume. Il se sentait coupable, coupable comme il ne s'était jamais senti. Coupable de sa vie qu'il n'avait pas réussi à construire, de Marianne qu'il avait aimée — mais que lui avait-il donné?, de sa mère qu'il avait presque oubliée... Et il faudrait qu'il rentre dans ce pays, les poches vides et la honte au cœur?... Était-ce là les dettes qu'on lui lançait au visage depuis qu'il était né? Tout ce qu'il n'avait pas honoré, les devoirs qu'il n'avait pas remplis. Son corps se dissolvait. Mais à lui, qu'avait-on donné? Le gardien vint le chercher. La promenade avait lieu dans une petite cour aménagée au sommet des quatorze étages. Il faisait doux, mais venteux là plus qu'ailleurs — un vent tiède de mai qui saisissait par bouffées. Il eût voulu que Marianne soit à ses côtés, regarder la ville avec elle comme ils l'avaient fait quelques fois depuis le promontoire du mont Royal. Dans le lointain, vers l'Est, des cheminées fumaient, la circulation était dense qui s'écoulait le long des grandes artères. Côté sud, le Saint-Laurent enlaçait la métropole dans son coude argenté. Bientôt, très bientôt, ce serait le plein été, l'exultation. Comme il avait aimé cette saison ici, travailler au service des tables jusqu'aux petites heures, sortir danser, flirter. Le samedi, se lever tôt pour aller jouer au soccer. McGill à nouveau, quand il travaillait et étudiait, s'amusait, quand il était jeune et en santé, qu'il n'avait pas touché à la coke. La coke, ça avait commencé lorsqu'il avait perdu sa première job — la crise des années 80. Il avait dérapé, personne pour le rattraper. Son autre pays était loin, si loin — des images de plage et des palmiers, des *bayahondes* et de la végétation luxuriante de l'intérieur de l'île, de la misère et de la violence. *Réunion de la famille,* avait dit la Couronne. *Miss Outremont sur le haut,* l'avait-il surnommée. Ça avait fait rire Marianne. Ne valait même pas la peine d'en parler. Quelle famille? Tout était faux. Comment dire? Il ne le savait même pas pour lui-même — mais... Lui-même était un faux. *Faux et usage de faux,* première accusation. Évidemment, on ne l'avait pas cru quand il avait dit qu'il ne savait pas, et pourtant... Imitation de signature, qu'est-ce que ça signifiait?, pour le nom qu'il portait! Il aurait bien pu le troquer pour un autre puisque ce n'était pas le nom de son père — alors un chèque, une signature, un nom... Marianne lui avait dit un jour: On ne soupçonne pas ta naïveté. Marianne... La tiédeur de son souvenir lui entrait dans le corps mais ne le réchauffait pas. Il faisait chaud pourtant, mais il était glacé. Jusque dans ce pays qu'il avait rêvé d'adoption, il s'était senti étranger, au point de se faire expulser. De penser à ses origines, d'autres mots lui revenaient, de sa mère, de son grand-père, insistaient dans sa tête comme une harangue sans fin ni pardon: *sang sale, bête noire.* En lui le vide s'approfondissait tandis que l'espace qu'il avait en tête se décomposait — comme si les murs, tous les murs de la prison et de sa vie tombaient ensemble. Il n'éprouva bientôt plus la différence entre le dedans et le dehors, eut la sensation que sa peau se défaisait, qu'il n'avait plus d'intérieur, donc plus de repli, plus de refuge, que tout se confondait. Il était ouvert, sans limites, à tous vents, sans protection — son corps dissous. Il chutait dans un tumulte sans fond, se dit qu'il connaissait l'inhumanité.

On ne sut pas comment il s'y prit, mais en quelques secondes il s'accrocha au grillage qui entourait la cour au sommet du building, s'y accrocha et grimpa comme un animal, grimpa malgré les brûlures que le fil électrifié lui laissait aux mains et qui lui montaient dans le corps, il grimpa jusqu'au sommet et, à toutes forces, en y mettant toute l'énergie qui lui restait, il réussit à écarter les fils du grillage et se précipita dans le vide.

Un enfant du port, né de père inconnu...

Épilogue

fin mai

Un immigrant de race noire s'est jeté dans le vide depuis la cour de promenade...

J'ai su que c'était toi. De suite. Pourquoi t'ai-je remis aux humains?

Henri est auprès de moi. Je n'arrive plus à me lever, me laver, marcher. J'écris pour ne pas mourir.

La prison a été obscène. Pour la mort autant que pour la vie. Couloirs, grilles. À croire que j'allais faire évader ton cadavre... Pardon. Comme je ne suis pas *de la famille*... Je t'ai vu, étendu, tes mains longues, fines, puissantes. J'ai passé mon doigt sur ta peau, elle était glacée mais douce. Tu étais moi, mon enfant. Avec toi c'est une partie de moi qui est morte, emportée — qu'ils ont tuée.

Des cousins éloignés, que je ne te connaissais pas, sont venus.

lundi 5 juin

Je me demande si je suis enceinte. Ma tête est un magma, comme la tienne que tu me décrivais : un trou noir. Heureusement il y a Henri, les amis, ma psy. Elle s'est légèrement voûtée, a toujours des pommettes saillantes — un air amérindien. Les psychanalystes sont sans doute une espèce d'Indiens... Comme avant, les enfants jouaient dans la cour d'école avoisinante. Les lieux, les meubles, sont les mêmes. Ont-ils gardé la mémoire d'alors ? «Si vous permettez, je préférerais rester assise». Elle a acquiescé. Attendre un enfant ? — mon rêve des *balsas* dans une nuit d'été de Ponderosa... Déjà, nous — du sang mêlé, des siamois. Un enfant — comment lui dire qui tu étais, qui je suis, ce qui nous a lié ? Lui donner un père mort ? J'ai parlé. Longtemps — puis de ma mère, de la danse, des tableaux. De *Cap au Nord*, des rubans, des Blancs, des Noirs. Des morts qui nous habitent, nous rattrapent. «J'ai peur de reperdre la parole.

— Comme après le décès de votre mère.»

mercredi 14 juin

Il fait très chaud. J'ai la nausée. «On est censé avoir une famille, des amis...

— Même ici, vous n'êtes pas sûre.

— ... La pensée d'être enceinte occupe tout. Les mots, le temps. Je commençais à oublier.

— C'est peut-être pour cela.

— Oublier ?

— Ou ne pas oublier. Vous décrivez cette pensée qui vous habite.»

Dans l'après-midi, j'ai eu des crampes. J'ai glissé un doigt entre mes jambes : rouge sang. La vie avait repris son cours. Je sors de la confusion.

le 20 juin

Je ne sais à qui j'écris. *Tu* deviens *il.* À d'imaginaires lecteurs, auditeurs.

Il fait très chaud. Des années qu'on n'a pas eu un mois de juin comme ça — un bain de vapeur...

août

Trois mois déjà. Nous sommes en plein été mais j'ai toujours froid. Au cœur des nuits brûlantes, je me réveille trempée de sueur et glacée. Même le duvet sous lequel je me blottis ne parvient pas à me réchauffer.

J'ai prolongé mes vacances — plage vide... Je pense à mon enfance, à la mer... Il faut que je lutte pour sortir de la maison. Les séances m'y obligent. Je vais et viens, en dehors des choses, je tourne en rond, finis par m'asseoir sur le divan du salon et ouvrir la télé que je ne regarde pas. La vie me paraît dépourvue de sens et d'intérêt. En fin de journée je prends un scotch, douce euphorie, du Glenfiddich. *Le petit Jésus en culotte de velours!* dixit Henri. Je le prends à petites gorgées et mets Miles Davis, délaisse l'ordinateur et m'étends, yeux au plafond. Bientôt je les ferme. La sonnerie du téléphone me rattrape : «Oui... Ah c'est toi...»

10 septembre

Son anniversaire. Ton anniversaire. Je commence à penser à toi à la troisième personne. C'était il y a un an. Chez Espe. Mardi, j'ai demandé à Henri de m'accompagner au cimetière. J'ai mis des glaïeuls achetés chez le Chinois de Van Horne. Tu me disais que tu les aimais, *un champ de Marianne comme un champ de glaïeuls ou de coquelicots*, et des marguerites — j'aime les marguerites, fleurs de ma grand-mère qui en semait à profusion dans le jardin des Landes. Elles s'y enchevêtraient aux genêts. À Ponderosa, c'était les fenouils géants et le jasmin officinal que je t'ai racontés. Je vais dire quelque chose qui me paraît terrible : aller sur une tombe, dans ce pays, m'y enracine. Enfant, ma grand-mère m'emmenait au cimetière qui longeait les landes du bord de mer, sur les tombes de ma mère et de son mari. Je relis Antigone, elle qui enterra son frère contre les lois de la cité.

février

Neuf mois. Il me semble que je rouvre les yeux. Le plafond, les murs, l'appartement. Je retrouve un rythme, me lève, vais, viens, arrose le yucca, l'avocat... Comme Alice, je m'étonne que les choses survivent à mon contact. Trop de choses ont dérapé — une dérive qui n'en finit pas, comme ces morceaux de jazz... Je glisse. Il me faudrait sortir, le réfrigérateur est vide — mais il fait trop froid... Cet hiver est glacé. Je me force à une promenade chaque midi dans le soleil. Je compte les mois... Neuf mois. Le temps passe, tu prends une place à l'intérieur de moi, dans mes pensées. Je me sens moins happée. Mais encore *hors la* vie. Je me mets devant la télé et *mute* — ridicule vengeance : *quizz* dont on apprend que l'animateur est dopé... On nous vante aussi le prozac, pilule du bonheur, et la mélatonine, élixir d'éternelle jeunesse (que le boss de Sylvie, psychiatre, continue à lui faire rapporter de Paris !), et la pilule anti-obésité, et celle qui fait bander...

Je zappe pour apprendre que de l'ère du verseau, on passera bientôt à celle du singe, puis du cochon. Autre canal : *soap opera made in U.S.A.* : énormes seins et raison

sociale — une épingle s'il vous plaît, pour dégonfler
Barbie...

Je coupe avant de déprimer tout à fait. Peu de chose
suffit.

Juin de nouveau

Un an que Gabin est mort. À présent, parlant de toi,
je dis presque toujours Gabin. Cet après-midi, je suis
passée chez l'avocate me procurer la bande du procès. La
réécouter en vue d'une bande son. Un mélange mi-mots,
mi-musique dans lequel je glisserai peut-être du Freud sur
l'amour et la mort. Histoire de semer la peste...!

Je ne suis plus la même. Justice. Égalité. Nord. Sud.
J'ai basculé de l'autre côté.

Début juillet... le jazz

La musique rythme l'urbanité. En ville, des hordes de
jeunes policent la foule, la Molson et le Coke inondent les
chips et les glaces... Marée humaine. Le prix qu'il faut
payer pour avoir de vrais musiciens? Au journal télévisé on
se félicite de cette *affaire en or*... On indique que la prison
centrale fait des travaux de réfection pour *éviter les
incidents*... Dérive urbaine.

Juillet tout à fait

Saint-Laurent. Je suis attablée au restaurant portugais
de notre premier rendez-vous. Tu m'avais parlé de ton
grand-père et de Barcelone, 1888 — l'Exposition. Un
homme aveugle joue du fado. Son chant m'apaise, nourrit
mon désir d'une chorégraphie sur le corps — le corps et la

mort, le corps et le rempart toxique de l'Amérique du Nord? Elle pourrait s'appeler *Le corps de l'amour et de la mort*. Je divague. J'imagine. Des caricatures en marionnettes géantes de ceux que tu avais surnommés le *Juge manucuré* et *Miss Outremont sur le haut*, ceux-là qui ignorent les autres mondes — qu'ils ont nommés pourtant, ou dé-nommés : bas-monde, tiers-monde de Montréal même. Du fado, du djembé. J'ai réécouté la bande du procès, en ai même commencé la retranscription. Je me demande ce que le juge a compris. Comme tu disais parfois, tout est faux.

Je remonte la Main à pied, excentrique et populeuse, m'assieds au hasard d'un banc, d'un bar, note : des Juifs orthodoxes attendent le bus devant la pharmacie, manteaux longs et chtreiml — par cette chaleur... Des jeunes font la queue à l'entrée du Bar international, debout et assis sur le trottoir. Au parc du Portugal, des hommes jouent aux cartes. On fond, éreinté, étourdi de moiteur. Du flot automobile montent, rythmées, les basses d'une stéréo : dans une décapotable années 60, un Yuppie nickel séduit une fille nacrée... Montréal. Où je vis, ma ville — de fiction? Une foule hétéroclite migre en direction du mont Royal. Et vélos, chiens et poussettes, bébés, patins et planches à roulettes — et j'en passe! Au parc Jeanne-Mance on joue au tennis à la lueur des réverbères, le tam-tam de la montagne résonne. La police cerne les lieux. J'hésite à passer chez Henri. Il m'inviterait à partager son couscous... Tu vois, je plaisante à nouveau...

21 h 40

Me voici rentrée. Nuit. L'érable, immobile, se déploie à la largeur de la fenêtre, bruisse. Je te sais sur le flanc de la montagne, sous le même bruissement des feuillages... *le frais cresson bleu. Il dort dans le soleil, la main sur la poitrine. Tranquille. Il a deux trous rouges au côté droit,* récitais-je à ma mère, enfant, dans la cuisine — peu après le décès de mon grand-père paternel, peu avant le sien. Je viens d'écrire ces lignes :

Je t'ai aimé avec déraison. Mais est-ce toi que j'aimais? Te perdant c'est une partie de moi que j'ai perdue. Tu éveillais en moi quelque chose de si intime, tu m'allais chercher si profondément, j'avais ce sentiment que tu me retournais comme une terre aride, m'abreuvais. Il t'est arrivé de savoir mieux que moi ce que j'éprouvais, de le dire mieux que moi certains soirs. L'inverse est aussi vrai. Qui étais-tu? Tu m'as défaite.

Je me sens telle un guerrier qui a déposé les armes. Non que tu m'aurais vaincue ou que je me serais découragée de combattre, mais j'ai découvert que je suis mortelle. Mon grand-père des Landes, mort quand j'étais très jeune, le père de mon père, qui avait fait la grande guerre dont il était revenu « grand mutilé » — les blessures sont à la mesure des folies — me disait « petite, la guerre n'est pas belle ». Les jeunes soldats combattraient-ils s'ils songeaient à leur mort? On leur met bien d'autres choses en tête : l'Honneur, l'État, la Patrie, et autres idéaux et idoles — pour la folie du monde. La guerre se fait sur l'insouciance des jeunes qui dans l'élan de la jeunesse se croient immortels. N'en est-il pas de même de l'amour?

Je ne me sens pas davantage protégée qu'auparavant contre quoi ni qui que ce soit. Simplement vivante. J'ai décidé de monter une chorégraphie qui s'enracinera, comme il se doit, au cœur du corps.

Soit dit en passant, je me suis foulé une cheville. Humaine, trop humaine!

J'ai déposé les armes pour ne pas mourir.

Table des matières

Toxiques est le premier roman de Maryse Barbance. Elle a par ailleurs publié divers textes parmi lesquels :

Articles

«Le rapport psychologique du sujet à la loi», *Déviance et Société*, mars et juin 1993.

«Pouvoir, passion, *philia*: de l'un au même à l'autre», *Résonances, Dialogues avec la psychanalyse*, sous la direction de S. Harel, Montréal, Liber, 1999.

Fictions

«Le jeune homme et la mort», Concours de nouvelles de Radio-Canada, 1986.

«Les rumeurs du vent», et «On n'a pas tous les jours vingts ans» (à paraître), *Arcade*, 1988 et 2000.

«Empreinte» et «1918», *En toutes lettres*, Radio-Canada, mars et mai 1993.

Liberté, textes divers depuis 1997.

Entrevues

«La recherche sociale naufragée», entrevue avec Guy Rocher, *Temps fou*, février 1996.

«Hubert Aquin : une fulguration entre deux néants», entrevue avec Andrée Yanacopoulo, et «De parole et de liberté», entrevue avec Suzanne Jacob, *Nuit Blanche*, printemps et automne 1998.

Collection L'Arbre

Romans • Récits • Contes • Nouvelles • Théâtre

MEMBRE DU GROUPE SCABRINI

Québec, Canada
août 2000